Xの存在証明
科学捜査SDI係

綾見洋介

宝島社文庫

Xの存在証明　科学捜査ＳＤＩ係

プロローグ

体の表面温度が低下している。覚醒の間際、そう感じた。当たり前だ。今は冬だ。

朝、津田《つだ》宗一《そういち》は身震いして目覚めると、ソファの上にいた。

縮こまっていた体の節々に軋《きし》むような鈍痛を覚え、不快さに眉を寄せる。

手前のローテーブルにはビールの缶。昨夜、二本目を開けたところで眠ってしまったようだ。時計を確認すると、間もなく八時だった。

またやってしまった。

全身のだるさに抗《あらが》いながら体を起こす。

三十代も半ばにさしかかり、いつまでもこんな生活をしていられないと思ってはいるが、なかなか改めることはできない。

今朝は一段と冷える。

津田はパソコンデスクのある部屋に移動し、エアコンをつけた。次に、そばに置いてある加湿器のスイッチを押した。作動しない。二度、三度とスイッチを押すが何も反応がない。おかしい。数日前、水を入れ替えた時は使えたはずだが。

訝《いぶか》しんでいると、加湿器本体から出ているコードが断線していた。気づかずに引っかけてしまったようだ。ちっ。在宅ワークが増えたことから、一回の給水で長く使えるよう大容量の物に買い換えたばかりだ。苛立《いらだ》った気分のままパソコンを起動させた。起動を待っている間、デスクの隅にライターがあるのに気づいた。津田は喫煙者だが最近は電子たばこだ。どうやら行きつけのクラブから持ち帰ってきたらしい。

パソコンが完全に立ち上がった。会社のパソコンにリモートアクセスする。

今日は在宅勤務の日で、ウェブでのミーティングが八時三十分から始まる。

寝起きであることを悟られないよう津田は目に力を込めた。若干酒臭さを覚えたがオンライン越しに匂いまではわからない。

ログインすると、すでに他のメンバーは待機していた。

「では今朝のミーティングを始めます」

課長である宇山《うやま》の仕切りでミーティングが始まった。

昨日までの業務内容の確認と今後の予定についての概略を各人が話し始めていく。

津田もグループのリーダーとして課員からの報告をまとめたものを話した。

一息つく。と、部屋の隅に置いてある半透明のポリタンクが視界に入った。中には津田が室内の消毒用にと会社からくすねたエタノールが入っているのだが、その量がずいぶん減っている。何に使用したか思考を巡らすが記憶にない。

「では、これでミーティングを終わりにしたいが、よろしいですか」

画面越しに宇山が呼びかけた。すると、

「ちょっと待ってくれ」

部長の新谷《しんたに》が声を発した。「CNFのテーマだが、もう少し検討してみないか？せっかくあれだけやったんだ。他に何かできないか模索してみたい。どうだろうか」

問いかけは特定の人物に向けてだった。

少しの間をあけて、宇山が答えた。

「チャイネス側はほぼ同じ内容の組成物の配合で権利化しています。下手に検討を進めると向こうの特許侵害になる危険もありますが」

「そうならない方向で検討できないだろうか」

「厳しいとは思いますが……まあ、考えてみます」

無理だと津田は思った。それは宇山もよくわかっている。この場を収めるためだけの答弁だ。

「他に何かございますか」宇山は少しの間を待ち、何もないことを確認すると、「では今日のミーティングを終わります」

次々に退室していく。津田も退室ボタンをクリックしようとした時、宇山に声をかけられた。「あ、津田はちょっと残ってくれ」

すんでのところで手が止まった。他の者はすでにいなくなっていた。

「なんでしょうか」

「いや、仕事面で何か問題などないかと思ってな。リーダーになってまだ浅いんだし抱えていることもあるだろう」

課長補佐に昇格し、グループリーダーを務めるようになってすでに半年以上経《た》つ。今更の質問に首を捻《ひね》る。

「今のところは特に」

「さすがだな。だけど、在宅ワークが中心になってくると自分の仕事だけでなく、課員を管理するのも大変だろう。まだ若いからこそ無茶をするものだ。自分の健康にもちゃんと気を使えているか」宇山は津田の後方に視線を移しながらあきれるように言った。「カーテンくらい開けたらどうだ」

津田の背後にはグレーのカーテンが閉まっている。うるさいな、と思いながらも昨夜も寝落ちしていたので返す言葉が見つからず、津田は後ろのカーテンを開けた。

『すべて知っているからな』

　掃き出し窓に書かれた見知らぬ赤い文字が飛び込んできた。

　——なんだこれは。

　息を吞《の》み、困惑したが、次の瞬間には思い当たった。

　まさか、あれがバレたのか。

　いやしかし、どうやって部屋に侵入した？

　モニターから、「おい、なんだそれ」宇山から大きな声が飛んだ。

「あ、ああ。きっと彼女のいたずらです。ちょっと最近喧嘩《けんか》したもんで。ったく世話をかける……」

　取り繕うようにとっさに弁明する。

　平静を装いながらも頭はややパニック状態だ。

「ずいぶん気の強そうな彼女だな」彼は目を丸くしたまま言った。「まあいい。CNFのテーマについて、先ほど新谷部長もおっしゃっていたように検討継続の可能性もある。津田にもぜひ手伝ってもらいたいんだ。お前の能力は買ってるからな。もし他で何か困ってるようなら遠慮なく相談してくれよ。痴話喧嘩以外で頼むがな」

後半は冗談交じりに宇山は笑った。

「ええ、ありがとうございます」

その後、宇山は回線を切った。変に気を使われたような感じでいまいち釈然としない内容だった。

振り向き、改めて窓の落書きを見る。油性ペンで書かれており、指で拭っただけでは消えない。津田はデスクに置いてあるスプレー容器を手に取った。中身はエタノールだ。落書き部分に噴霧し、ティッシュで拭き取っていく。

落書きを消し終わると、相当動揺していたのか、いつの間にか汗ばんでいることに気づいた。

と、パソコンから音が鳴る。宇山からの接続依頼だ。

なんだと思いながら接続を許可する。カメラ設定をオフにしているらしく、画面には名前の表示があるだけで真っ暗だった。

「すまない、伝え忘れたことがあった。今測定室の旧型のノートから接続しているんだ」

マイクの質が悪いのか、声がくぐもっている。

「落書きは消したのか」

気分を逆なでするように訊《き》いてきた。

「今、消しましたよ」やや苛立ちを含ませて答える。

それにしても暑い。寝起きの寒さが嘘《うそ》のようだ。額から汗が流れ落ちてきた。

エアコンのリモコンを手に取ると設定温度が三十度となっていた。いつもは二十七度のはずだ。どうも今朝はいつもと勝手が違う。

不思議に思ったその時だった。背後、左側から異臭とともに熱を感じた。

振り向くとカーテンの裾の一部が燃えていた。手のひら大の火がみるみるうちに広がっていく。津田の足下のラグに燃え移る。広がりが速い。

一体どうなっている。余裕を失いながらも気づく。今しがた窓の落書きを消すのに使用したエタノール。――スプレーで噴霧したため周辺に充満している。もちろんラグにも。

血の気が引いた。引火したのか。だが、火元はなんだ……。

足をばたばたと踏みながら津田は服を一枚脱ぎ、足下の火を消そうとはたいた。なかなか消えてくれない。どうする。くそっ。

「ん？　どうした」

モニターから声。冷静に答える余裕はなかった。

「火事だっ。ラグとカーテンに火が！」

「なんだと。お、落ち着けっ。近くに水はないか」

水？　そうだ。加湿器。

服ではたいたおかげで若干火の勢いが収まった。その間に加湿器からタンクを取り出す。十分な量の液体が入っていることを確認し、安堵《あんど》する。

そうこうしている間にズボンにも火がついた。火は瞬く間に這《は》い上がってくる。

――熱い。

急いでタンクの蓋を外した。持ち上げ、傾ける。

浴びるように中の液体を体にかけようとする瞬間だった。液体から独特の甘い香りが鼻をかすめた。凍るような戦慄《せんりつ》が走る。

顔に降り注がれようとしている液体が奇妙なほどゆっくり見えた。細部の形状をゆるやかに変えながら今まさに体に触れようとしている。

液体が全身を濡《ぬ》らした直後、足下から獰猛《どうもう》なほどに勢いよく炎が這い上がり、瞬く間に火柱が津田を飲み込んだ。

「うわああああっ」

燃え上がる炎は津田の肉や毛を容赦なく焼いていく。

激しくのたうち回るも、間もなく彼の意識は闇に消えた。

一章

上板橋《かみいたばし》警察署の伊月修平《いつきしゅうへい》は胸中に静かな闘志を燃やしていた。

先ほど暖房が入れられたばかりの会議室にはまだ冷気が残っているが、微塵も寒さを感じなかった。

所轄から本庁に捜査協力の要請が為され、本庁から刑事たちが入室してきたからだ。彼らの胸には金文字でS1Sと書かれた赤いバッジ。「SEARCH 1 SELECT」、選ばれし捜査一課員という意味だ。

自分もいつかは捜査一課にという気持ちがあった。

容疑者確保の現場において、凶悪犯に逮捕の言葉を告げる。そんな勇敢なシーンを想像した。あるいは、巧妙な手口で完全犯罪を目論《もくろ》む知的犯罪者との対決も面白い。

現実はそう甘くなかった。所轄の刑事課に配属されて三年。これまでこれといった成果をあげられず、焦りがあった。大事な場面で上手く立ち回れず、先輩刑事の足を引っ張ることもあった。

いつまでもこんなことではいけない。伊月は今度こそはと意気込んだ。

所轄と本庁との顔合わせを行った後、いくつかの組に分かれた。

今回の事件はまだ他殺と断定されていない。捜査本部の開設は時期尚早というのが上層部の判断だった。だが、殺しが決定的となってから情報を集めていたのでは容疑者逮捕の好機を逃す恐れがある。そのため、捜査本部が立つ前提で動くよう指示されていた。

事件内容の確認が行われた。

「焼死体はここに住む津田宗一、三十五歳、独身男性です。十二月三日、朝九時二十一分に被害者の右隣に住む男性から通報があり消防が出動しました。通報者は隣から叫び声が聞こえたため、気になってベランダから隣の様子を確認したそうです。すると窓ガラス越しに黒煙が見えたため、すぐに通報したと証言しています。その後、火は一時間ほどで消火し、上下左右の部屋への延焼はありませんでした。板橋消防署との火災調査の結果、遺体の損傷が激しいことから引火性液体を被《かぶ》った可能性が高いと推察されてます」

別の捜査員が引き取った。

「科捜研のガスクロマトグラフの結果から、引火性液体はエタノールであると確認がとれています。昨今のＣＯＶＩＤ－19の感染予防に消毒用アルコールを用いることがどの家庭でも日常的に行われており、それによる火災事故が増えているとして消防庁は注意喚起しています。今回の火災もそのような事故のケースだと考えられていましたが、行政解剖の結果、遺体の気道内に煤《すす》の付着が認められませんでした」捜査員はメモに視線を落とした。「血中へモグロビンの一酸化炭素濃度が十パーセント以下と、低いことも判明しました。さらに、頭蓋骨に燃焼血腫を確認。燃焼血腫は炎の熱の作用により血液が赤褐色になる現象で、焼死体によく見られます。他に外傷がないことから火傷死《かしようし》の可能性が高く、従って事故の線は薄いと考えられます。現在、司法解剖に切り替えて調査中です」

失火による事故死の場合、一酸化炭素中毒死のケースがほとんどで、血中へモグロビンの一酸化炭素濃度は七十パーセントを超える。一方で、ガソリン類を被っての焼身自殺などでは、短時間のうちに死亡すると気道内に煤の付着がないことが多く、たいていの場合が火傷によるショック死だ。今回もこのようなケースが可能性としてはある。

続いて初動捜査の地取り班が立ち上がった。

「火災当日、周辺をジョギングしていた近隣住民が、津田が窓を拭いていたのを目撃しています。何やら落書きのようなものを拭きとっていた、と。あいにく落書きの内容までは判明していません」

「落書きか」

係長の貝原《かいばら》がつぶやいた。「仮に被害者が誰かから恨まれていたとすると、怨恨《えんこん》から焼殺された可能性もある」

貝原は捜査員全員を見渡した。

「わかっていると思うが、犯罪性の判断については慎重に行わなければならない。冤《えん》罪《ざい》は言語道断だが、他殺であるにもかかわらずそれを見逃すこともあってはならない」

貝原は一呼吸置いて指示を明確にした。

「落書きを消しているところを目撃した人物がいるくらいだ。他殺の場合、犯人を目撃した者がいても不思議じゃない。入念かつ徹底した地取り捜査を頼む。敷鑑は津田宗一の人間関係の洗い出しだ。会社、家族、交友関係、行きつけの店など日常生活において出入りする場所はすべて当たってくれ。既往歴の照会も忘れるな。また、資産調査の担当は津田の直近の金の出入り、生命保険加入状況の照会を、鑑識は引き続き分析を急いでくれ。以上だ」

物々しい雰囲気の中、捜査員たちは退室し始めた。彼らの表情に緩みは感じられない。

昨今犯罪死の見逃しが国民の関心を高めている。仮に、後になって犯罪死だとわかり、事件化できず凶悪犯を野放しにしたとすれば警察の立つ瀬がない。今回のような犯罪死とも非犯罪死とも判断のつかない変死体には細心の注意が必要だ。

伊月は捜査一課の加集恭介《かしゅうきょうすけ》という先輩刑事とコンビを組むことになり、敷鑑捜査を命じられていた。基本的には地取りよりも敷鑑の方が容疑者逮捕につながりやすい性質がある。犯人がいるのであれば、だが。伊月の気分はいっそう高ぶった。

加集は目つきの鋭い男だった。三十代の後半くらいだろうか。細身だが引き締まった体をしている。無精ひげが見られるが不衛生といった印象はなく、むしろ凜々《りり》しさを引き立たせるのに一役買っている。

「よろしくお願いします」

伊月が挨拶すると、彼は会釈で返した。

「今回の事件、捜査本部がきっと立つ」加集は短く言った。

「殺しでしょうか」

加集は頷《うなず》き、資料を机に広げた。

「現場の状況を説明してみてくれ」

伊月は資料から現場の消火直後の写真を指し、状況を反芻《はんすう》するように言った。

「1LDKの室内のうち、六畳の洋室はほぼ焼け落ちています。カーテン、木製ベッド、本棚などはほぼ炭化し、納められていた本や書類も焼失、パソコンデスクの樹脂製のフレームや加湿器、エアコンも焼損しています。スマホやパソコンなど、重要な情報が入っていそうな機器類は熱による溶解が激しくデータの復元が不可能です」伊月は別の写真を指した。「一方のリビングやバス、トイレなどは迅速な消火作業により比較的焼失を免れています。このことからも洋室から出火したことは明らかです。火元としてはデスク上にライターが置いてあったことから着火源だと有力視されています」

過去には携帯電話やエアコンなどの電化製品が発火して火事になった例があるがそのどれでもないことが判明している。これらのことは自殺説を支持する根拠だった。

加集が顎を撫《な》でながら言った。

「自ら火をつけた場合、丁寧にライターをデスクに置くだろうか。仮に置いたとしても遺体の近くだろう。ライターの場所は遺体とは反対側だ。エタノールを被って火をつけたのだからその火力は尋常ではないはず。勢いに驚いて投げ出すのが普通だと思うが、それが偶然デスク上に乗ったというのは腑《ふ》に落ちない」

「確かにそうですね。あり得ないことではないのかもしれませんが、違和感はあります」

　さらに加集が指摘する。

「鑑識の調べで部屋に単三電池が一本転がっていたことがわかっている。一人暮らしの津田がずぼらな性格であれば、電池一本転がっていても不思議ではないが妙に引っかかる。出火原因に関係している可能性はゼロじゃないだろう」

　伊月たちはまず、津田の職場に聞き込みに行くことになっていた。

　出かけようとすると、加集が何やら貝原と話していた。しばらく待つと加集が手招きした。「行く前に寄るところができた。車を出してくれ」

「どこですか」

「帝都工業大学《ていとこうぎょう》だ」

　伊月は首を傾《かし》げるも黙って車を出した。

　加集が切り出した。

「科学警察研究所の火災研究室や火災鑑定の詳細な結果を待っているものの、ライターによる着火以外の出火原因は考えにくいそうだ」

　伊月は、はい、と相づちを打った。

「他殺なら何者かに引火性液体を被らされた後、ライター等で火をつけられたことになる。だが、そうやすやすと火をつけられるかな。ちょっとした騒ぎになり隣人が聞いていてもおかしくはない。なのに聞こえたのは津田の叫び声だけで、不審な人物は今のところ見つかっていない」

加集は視線を正面に向けたまま淡々と告げた。「そこで、安全工学の分野で華々しい業績を持つ教授先生に考えてもらうことにした。帝工大の学長を通して依頼済みだ」

「どうして安全工学の先生なんですか」

加集は言う。

「安全工学は火災などの災害の原因究明や是正、再発防止策の評価を行う分野だそうだ」

「今回の件にうってつけってわけですか。理論派なんでしょうね」

「性格は知らんが、化学物質の危険性についての論文や評価研究においていくつも賞を受けている。実績はこれだけじゃない。以前、ある研究所の爆発の危険を事前に察知し、人を避難させた。そのわずか数分後に研究所は爆発したらしい」

驚くべき功績だ。世の中にはとんでもない人がいる。

「すごいですね」

「その時、人命救助で表彰されている」加集はスマホを操作し始めた。「本上真理《ほんじょうまり》教授、

「三十四歳だそうだ」

「女性ですか」一瞬加集の顔に視線を向けた。「若いですね」

「ネットに出てくる顔は冷たそうな顔をしているがな」

信号待ちの際に加集が見せてくれた液晶画面には、切れ長の目をした女性がなんの興味もなさそうな瞳でこちらを見ていた。


本上教授の研究室を訪ねると、数人の学生たちが並んでパソコン作業をしていた。奥の部屋では保護眼鏡《めがね》をかけた学生たちが何かの実験らしきことをしている。男子学生の一人に声をかけると、本上はちょうど講義中だと教えてくれた。

車で待とう、という加集に対して、

「せっかくだから講義を聴いていいですか」

加集は一瞬、意外そうな目をした。

「好きにしろ。捕まえたらケータイを鳴らしてくれ」

伊月は学生から聞いた教室の、後ろの出入り口からそっと体を忍ばせて入った。

教壇には白衣を着た女性が何かを話している。

長方形の銀縁眼鏡。レンズの奥の目には強い光。細い弓なりの眉。シャープな顎のライン。全体としてきりりと締まった勝気そうな美人だ。

白衣が似合っているからだろう、全身から研究者然とした鋭さを発散させている。どこか近寄りがたい雰囲気もある。

よく通る声で彼女は話していた。

「このように安全工学には数学と自然科学の知見のみならず人間の心理状態や行動原理など人間要因の研究が必要であり、人文科学的な知見なくして現象の考察はできません」

理系の講義を聴くのは初めてだ。事件解決の参考になるかもしれないと、本上の言葉に集中した。

黒板左側には数学の授業のようなグラフや数字が書かれ、右側には人間の行動原則と銘打たれた箇条書きがある。

本上は教壇を左右に移動しながら続けた。

「作業に没頭していると、視野や思考が狭窄《きょうさく》になり、全体の危険状態を把握することが難しくなります。いかに優れた人間でさえ、ヒューマンエラーを犯す確率は高くなる。逆に言えば、人間の特性を深く理解することはエラーの是正につながり――」

講義が終わると、学生たちはぞろぞろと退出していった。

頃合いを見計らって教壇に向かい、声をかけた。

「非常に興味深いご講義でした」

彼女は一瞬怪訝《けげん》そうな表情をするも、伊月は警察手帳を見せながら名乗った。

「お忙しいところ申し訳ございません」

「ああ」と思い至ったような反応の後、本上は言った。「研究室の方でよろしいですか」

「もちろんです」

彼女は挨拶もなく、すたすたと前を歩いていく。あまり愛想の良いタイプではないようだ。

加集に連絡を入れて合流すると、再び研究室に向かった。

隣の教授室に案内され、テーブルを挟む形でソファに座る。

「今は何を研究されているんですか」

場を和ませるつもりで伊月は訊く。

「過去に起きた爆発事故の解析です。確率論や統計学などから数値シミュレーションを評価しています」

「確率論というと、数学になりますか」

「数学も無関係ではないですが、他の工学分野と異なり、文化や思想といった概念も非常に重要となる場合もあります。一般的な工学の知識だけでなく、人文社会科学や人間原理に基づく心理学、脳科学といった分野の知見も大切です」

淡々とした返答の後、彼女の方から口火を切った。「学長から、火災事件の火元をお調べになっていると伺いましたが」

刺々《とげとげ》しい口調だった。元々こういうタイプの人間なのか、やや苛立っているのか判別しがたい。

「ぜひ本上先生のお力をお貸しいただきたく」加集が言った。「申し遅れました」彼が名刺を出すと、本上も応対した。慌てて伊月も名刺を交換する。

「教授というと年配の方が多いイメージですが、ずいぶんお若いですよね。輝かしい業績の数々お伺いしております」

本上は片眉を上げ、伊月を見据えた。

「年齢は関係ないでしょう。今どき三十代の教授は珍しくないし、そもそも教授という肩書になんの意味もありません」

加集は現場の写真を数枚取り出し、テーブルに並べた。

「場所は板橋区のマンションです。すでにニュースなどでご存じかもしれませんが、遺体は三十代男性で火傷死であると調査の結果わかっています。現場にエタノールの痕跡がありましたが、火元が判明していません」

加集は写真を指しながら先入観を与えないようにだろう、事実だけを述べた。

一通り説明すると、本上が疑問を口にした。

「被害者の他に誰かいた可能性は？」

「今のところ確認はされていません」

彼女は写真に視線を落とした。「自殺の可能性は？　自ら火をつけたという状況が最も容易に想像できますが」

「それについては捜査中です。これから被害者の人間関係も詳細に調べることになっていますが、まずは現段階で何かわかることがあればと思いまして」

本上は写真をそろえ、こちらに返した。

「状況は把握しました。では、自殺の可能性が完全に消えてからもう一度きてもらえないでしょうか。現段階では情報が少なすぎます」

えっ、と思った。

困惑していると加集が押し返された写真を指で押さえた。

「承知しました。しかし、現段階でも何か検討してもらえないでしょうか。我々はあらゆる方面からアプローチをする必要がありまして」

押さえていた写真を押し返した。その目は鋭い。

本上はゆるゆると頭《かぶり》を振った。

「話になりません。わたしは安全工学を研究する者です。原因調査には、火災現場だけでなく、被害者の当時の心境や思考を知る必要があります。被害者は寝起き直後だったか、極度の緊張状態にあったか。あるいは、仕事でなんらかのトラブルを抱えており、ストレスを溜《た》め込んでいなかったか。病気を患っていたかもしれない。これらはすべて災害を誘発する原因となり得ます。また、被害者の行動にまったく関係の及ばないところで何者かに火をつけられた場合、それはわたしの専門ではない」

正論を突き付けられ、気圧《けお》されそうになる。

加集は食い下がった。

「何者かによるものの仕業かどうかを調べています。もちろん、津田の近辺も調べていますが、本上先生のほうでも現状考え得る範囲で結構ですので検討していただきたいのです」

本上は加集をじっと見つめた。

「現段階では不確定要素が多すぎる。あらゆるアプローチといっても限界があるでしょう。徒労に終わります」

「おっしゃることはわかりますが、無駄だと思われることでも一つ一つ潰していかなければならないのが警察の仕事でして」

加集の言葉は丁寧だが、拒否を許さぬ圧力があった。

本上は加集の視線を受けとめていたがすぐに視線を外し、ふうと小さく息をついた。

彼女は写真を手に取り、眺めた。

「たとえば可燃物質による自然発火が考えられますね。物質が固有の発火温度に達した時に燃焼に至る現象です。着火源がなくとも突然燃え出します。比較的発火温度が低い物質が室内になかったか、あるいは発火温度の高い物質でもその温度に達する状況になり得たかどうか調べるといいでしょう」

「は、はい」

伊月は突如語り出した本上の言葉を慌ただしくメモした。

横目で見ると、加集も目を大きく開いていた。

「可燃物質の全体が発火温度まで上がる必要はない。酸素の供給がある限り、一部でも燃えればすぐに全体も発火温度に到達するからです。次に、引火点が比較的高いにもかかわらず、常温でも空気に触れるだけで自然発火する物質もある。動物性油類である乾性油がそうです。日常生活で用いられる乾性油としては大豆油や魚油。火災現場にその痕跡はなかったかどうか鑑識に訊いた方がいいでしょう。痕跡がなかったとしても被害者宅のキッチンにそれらがあれば可能性として残しておくべきです」

本上はなおも止まらない。

「エタノールがあったと言いましたね。仮にエタノールと濃硝酸が混ざると激しい発熱が起こり爆発的に発火します。エタノールと相互作用する疑いのあるものは全部調べた方がいい。また、エタノールのような引火点の低い水溶性液体は静電気の火花からも引火します。静電気は物体同士の摩擦や、衝突の際に発生しますが、液体が霧状になる際にも発生するのでそのような状況になかったかは検討すべきでしょう」

本上は写真をくまなく眺めながらよどみなく述べた。最後の言葉を発してもなお、数秒は視線を写真に這わせていた。

「遺漏はありません。以上です」

あっけにとられたような表情をしながらも加集はすぐに落ち着きを取り戻した。

「ありがとうございます。大変参考になりました」

伊月が手帳に書き込んだのを見て続けた。「先ほど指摘された被害者の自殺の可能性についてわかりましたらまたご報告にあがります」

「承知しました」本上は小さなため息を漏らした。

「よろしくお願いします」伊月も頭を下げた。

ややピリついたムードが漂う中、本上は腰を上げた。

本上の淡々とした態度から事件に関してさほど興味はないようだ。学長からの依頼でなければあっさり断られていたかもしれない。

研究室を出て、車に乗り込むと加集が言った。

「それにしても」今出てきた研究棟を振り返り、見上げた。

「相当な堅物だぞ。ありゃ」加集は笑った。

*

豊島優慈《とよしまゆうじ》は長椅子で足をぶらぶらさせながら母の恵子《けいこ》を待っていた。

恵子は今、役所の人と会話をしている。恵子が熱っぽく話しかけているのに対し、役所の人はそれを両手のひらを見せてなだめている。最後は恵子が折れる形で引き下がってくる。

いつもこんな調子だ。

いつだったか恵子から優慈には戸籍がないのだと教えられた。意味がよくわからなかったが、役所にこうやって連れてこられるのも戸籍絡みの話だとは聞いていた。手持ち無沙汰に腕を見る。縦に走る古い大きな傷痕がある。魚の骨みたいだと思っていた。気づいた時にはあった。恵子に聞いても「どうしたんだろうね」とあいまいに返されるだけだった。

ふと、隣にいたおばさんたちが恵子の方を見ながらひそひそと話をしているのが聞こえた。

「また今日もきてるわ」

「夜逃げしてきたそうよ」

「きっと不倫じゃないかしら」

優慈は子供心に不愉快な気持ちだった。周囲からまるで悪者のような視線を向けられる恵子が可哀想《かわいそう》に思えた。恵子に対し、頼み事を聞いてくれない役所の人にも腹が立つ。

おばさんたちが会話をやめ、そそくさと逃げるようにその場を離れていく。見ると恵子がこちらに戻ってくるところだった。その表情は冴《さ》えない。

「遅くなってごめんね。帰ろっか」

優慈は椅子から立ち上がり、恵子の手を握った。そっと窺《うかが》うように見上げると、とても疲れていそうだった。

優慈の視線に気づいた恵子は弱い笑みを浮かべて、「まただめだった。難しいね」と眉を寄せつつ言った。「でも大丈夫、きっとなんとかするからね」

握られた手にぎゅっと力が込められた。

戸籍がないのは後々面倒なことになるようだ。そのために母は優慈を連れて何度も役所や法律事務所に行った。以前、父と母との会話をこっそり聞いたところではお金もかなりかかるらしい。

先ほど恵子の悪口を言っていたおばさんたちのそばを通った。よく聞こえないが小声で何か話しながらこちらを見ている。

恵子も気づいていたのか、心なしかうつむき加減だった。

そんな母の姿を見て、優慈は母をいじめる周りの大人たちが許せなかった。同時に、こんな目にあってまで戸籍とは必要なものなのかとも思った。

二章

伊月は加集とともに津田宗一の職場を訪れていた。

津田は板橋区にあるケミカルフロンティアという化学工場で、技術者として働いていた。ケミカルフロンティアは東証一部上場の企業で、国内に複数の工場を保有している。

これまでの調べによると、津田の両親は津田が中学生の時に離婚しており、津田は母に引き取られて育った。大学から一人暮らしを始め、ここ数年はその母にも会っていなかったという。

まず、ケミカルフロンティアの総務部長に応接室へ案内された。

「わたしどもの会社は半導体事業と化成品事業を主に手がけておりまして、津田は化成品事業部に所属していました。彼の部署では航空機や自動車などに使われる機能性材料の開発をしています」

総務部長は会社の概略と津田の主な業務内容を説明した。

「彼の上司を呼んで参りますので、詳しい話はそちらでお聞きください」

総務部長が退室して間もなく、津田の上司という部長の新谷卓《すぐる》が入室してきた。

「どうも、部を統括しております新谷です」

白髪の交じった短髪に、細い目じりには皺《しわ》、五十代後半といったところだろう。新谷は小さくお辞儀をした。

「伊月と申します。こちらは加集」

伊月の紹介を受けて加集は目礼した。

「突然のことにまだ驚いております。まさか津田くんが……」

「お察しします」加集は神妙に頷いた。「今日は彼のことでお話をお聞かせいただきたく参りました」

「ええ。なんなりと。ニュースを見ましたが出火原因が不明とか。わたしたちが力になれることはなんでもおっしゃってください。ただ、わたしどももまだ落ち着きを取り戻せておりませんもので、至らないところもあるかもしれませんがご容赦を」

「もちろんです」加集が伊月に視線を向けた。

伊月はそれを受け、質問した。

「まず、こちらの会社では引火性液体を扱ったりしますか」

「そりゃもう。うちは有機溶剤をよく使用していますが、その多くが引火性液体です」新谷は頷く。

「エタノールも使用されますか。火災現場に痕跡があり、どこから入手したのか調査しております」

「弊社全体ではよく使います。ただ、彼の業務ではあまり使わない代物ではありますが」

「黙って何者かが会社から持ち出すことは可能でしょうか」

「できると思います。うちに限らず化学メーカーならトン単位で購入している代物ですので。少しくらい持ち出されていても誰も気付けません」

「事件の日、津田さんは在宅ワークをしていた。間違いありませんか」

新谷は頷いた。「その日は朝から課内で定例ミーティングがありました。津田くんも自宅から出席しておりました」

「概要で結構なので差し支えなければミーティングの内容を教えてください」

「すでにお聞きになったかもしれませんが、わたしどもの部門は航空機や自動車などの車両に関係する材料開発を行っています。ミーティングでは課員のこれまでの進捗と今後のスケジュールの確認がメインとなります。津田くんには主に有機溶剤を使用するタイプの製品群を担当してもらっており、既存製品の改良や新製品の開発状況について報告を受けました」

「たとえばどんな製品がありますか」加集が訊いた。

「酸化チタンを配合した光触媒による抗菌剤ですとか、帯電防止剤を配合した低汚染性のトップコート剤とかです。前者は自動車の内装に、後者は外装に主に使用されています」

「ありがとうございます」

次に伊月が訊く。「在宅ワークは頻繁にされるのでしょうか」

「職種の特質上、程度としては低い方だと思います」

技術者の仕事は実験業務が主体となり、なかなか在宅で仕事を進めるのは難しいという。

「そうはいっても感染症対策のため、技術者たちもなるべくデータ整理や論文の精読などで在宅勤務を心がけるようにと社内通達があります。全員同時は難しいですが、可能な範囲で適宜在宅勤務を実施しているのが現状です。火災の日も津田くんと浜中《はまなか》という者だけが在宅で、その他はみんな出社していました」

「当日のミーティングは何時から何時まででしたか」

「八時半から三十分程度です」

「津田さんのその時の印象はこれまで通りでしたか」

新谷は目線を上に向け、考える素振りをした。「特にいつもと変わらなかったと思いますが……なにせパソコン上でのミーティングですからね。細かい表情などはわかりにくいですし、常に彼を見ていたわけでもありませんので。自信はございません」

「では彼と何か話した人物はいらっしゃいますか」

「そうですねえ」こめかみを人差し指で押さえながら、ああ、と思い出したように言った。「課長を任せている宇山という者が、津田くんと二人で話したいことがあるとかでミーティング後も彼と話していたと思います」

「その方はどこに」

「出社しております。実験中だとは思いますが」

その者にも後で話を聞かねばならない。

「津田さんが何かに悩んでいたと耳にしたことはありませんか」

「聞いたことないですね。研究開発というのは自由な発想が大事ですので、部下たちには好きなようにやってもらっていました。津田くんは二年ほど前に半導体を扱う部署から異動してきたのですが、オリジナリティに溢《あふ》れ、特許をいくつも出すほどアイディアが豊富でした。最近では彼にグループリーダーを任せておりまして、仕事面は順風満帆だったと思います」

上司から見る津田は優秀であるようだ。

新谷は続けた。「上司といえど津田くんとは年も離れておりますし、若い者たちの方が詳しいこともあるかもしれません。基本一人一テーマの割り振りですが、難しいテーマについては複数人で担当してもらってます。ともに実務をしてきた彼らに直接訊いてみてください」

もちろんそのつもりだ。課には宇山、津田の他、川野《かわの》、浜中、志々木《ししき》という技術者がいる。新谷にざっくりとした彼らのプロフィールを訊いた。

「では都合のつく方からで結構ですからお呼びしていただけないでしょうか」

新谷は社用携帯を取り出し、出た相手にこちらにくるよう指示した。

「課長の宇山がすぐにこられるそうです」

新谷曰《いわ》く、宇山は二十年間、技術畑を歩いてきた技術者だそうで、現在四十三歳の独身とのことだった。

その間に伊月は手帳を取り出し、手早くメモをとる。聞き込みの最中は相手を警戒させないようメモをとらないのが鉄則だ。そのため、このように合間に素早くメモをとるテクニックが必要になる。

十分ほどしてドアがノックされた。

入ってきたのは背丈が高く、やや彫りの深い顔立ちの男だった。

「宇山章治《しょうじ》です」彼はお辞儀をすると新谷と入れ替わる形で着席した。

「お忙しいところ申し訳ございません。津田さんの件で、尋ねて回っております」

「津田はどうしてこんなことに」宇山は眉を寄せながら訊いてきた。

「それを今調べております。火事の原因はエタノールだと推定されています。これについて心当たりはありませんか」

「エタノール……。やはりそうか」宇山は重々しく息を吐いた。

「何か知っているんですか」

彼は神妙な顔つきで言った。「実は、一ヶ月ほど前、津田がエタノールの入った四リッターほどのポリタンクを持って帰るのを見ました」

「本当ですか」思わず身を乗り出す。

「間違いないと思います」宇山は続けた。「うちの会社では感染症予防の観点から大量のエタノールが各部門に配られていました。希釈して消毒用途として使用するためです」

「それを津田さんが自宅に持ち帰ったと」

　彼は頷いた。「総務から配られたエタノールは半透明のポリタンクに入っておりまして、そのサイズのものはそれ以外に見かけません。その時はてっきり消毒用にくすねたのかと思ってました。……だけどそうではなく、まさか彼はそれで自殺を」

「死因については捜査中ですので」

　伊月は手のひらを向けて宇山の発言を制した。

「事件当日のミーティング後、津田さんに話したいことがあるとお声をかけていたとか」

「その日、わたしは出社してミーティングに出席していました。津田は自宅のため、ちょうどいいと思い、ミーティング後に残ってもらいました」

「津田さんとどのようなことを話されましたか」

「どうというほどのことではないですが」一度区切り、彼は続けた。「津田はリーダーになって日が浅いので、現状の悩み事はないかと訊きました」

「その回答はどのようなものでした」

「特に問題はないと言っていました。今思えばそれも本当のところはわかりませんが……」

　津田と通信を切った時刻は九時十分頃と言った。

津田の隣人から消防署に連絡が入ったのは九時二十一分と記録にある。その間約十分だ。自殺しようとしていた人間が律儀に会議に出るだろうか。

「彼は優秀な技術者でした」ぽつりと宇山が言った。

掘り下げて訊いてみたくなった。「津田さんのどういうところに優秀さを感じましたか」

「若くして特許をいくつも取得し、短い時間で多くの成果をあげていました。要領の良い人間でした」少しの沈黙の後、「もし、あいつがCNFの担当だったらと思うと……」と彼はつぶやいた。

「CNF？」

ええ、と宇山は言った。「セルロースナノファイバーという新素材があるんです。頭文字をとって業界ではCNFと呼ばれています。これに関する技術開発をしていました。実は最近、この技術に関して、うちと競合関係にある中国のメーカーに先に特許を取られてしまいまして」

「津田さんが担当していたらそんなことはなかったと」

宇山は奥歯を嚙《か》みしめるように言った。「かもしれません」

「よほど優秀だったんですね」

彼は眉間に皺を寄せたまま口を閉ざした。思うところがあるようだ。

これまで黙っていた加集が口を開いた。

「津田さんのプライベートの方はどうだったんでしょう。何か変わったことはありませんでしたか」

「ああ、すみません」宇山は話が逸《そ》れていたことに小さく頭を下げてから答えた。「どうでしょう。あ、彼女がいるようなことは聞いていました」

津田と関係が深い人物ということで要確認だ。

「結婚を考えていたのでしょうか」

「いやあ、彼とはプライベートでの絡みがなかったものですからあまり深いところまではわかりません」

それ以上はめぼしい情報を得ることがなかった。

次に入室してきたのは、川野信一《しんいち》、三十一歳だ。

「津田さんは主に溶剤系メインでしたので、浜中と一緒に実験をすることが多かったですね。わたしは水性製品が担当ですので宇山さんや志々木とよく動いていました」

「仕事は直接接することはないにしても普段の様子とかで気になることはありませんでしたか」

川野は視線を下げ、何かを言いかけて口ごもった。

「大丈夫です。誰にも話したりしませんから」伊月は促した。

川野は意を決したように口を開いた。

「ああいうことになって驚きましたが、津田さんは日頃から少し態度に問題があったように思います」

「周りからはあまり良く思われていなかったということですか」

「少なくとも下からの評判は良くなかったです。ちょっとガラが悪いっていうか……」彼は眉をひそめた。

「仕事の方はどうでしたか」

「要領は良いですね。実験はあまりせず、デスクワーク中心でした。それなのに特許を何件も出願していたので。でも、頭が良いって感じはあまりしませんでした」

「要領が良いのは優れた技術者である証《あかし》ではないのでしょうか」

川野はやや首を傾げて小さく唸《うな》った。「イコールではないと思います。たとえば宇山さんなんかは実直に実験を重ねて、立てた仮説の検証に労をいとわない技術者ですが、津田さんは人真似が上手いという感じです。応用力は多少あっても、誰もやったことのないまったく未知のことを進める力っていうのはないと思います」

微妙に新谷や宇山の話とは異なる印象を受ける。津田は後輩からはあまり慕われていないようだ。

「津田さんがプライベートで何か悩んでいた節はありましたか」

「あったんじゃないですか。けっこうやばそうな人たちと関わりがあったみたいだし」

「どういうことですか」

「以前、顔中痣《あざ》だらけで出社してきたことがあるんですよ」

伊月は体をやや前に出す。「本当ですか」

「あの時はびっくりしましたよ。訊いてもはぐらかされましたけど、喧嘩っ早《ばや》そうな性格だったのでふっかけた相手が悪かったんでしょう」

顔中痣だらけになるほどのトラブルとはよほどのことだ。これまで津田がギャンブル癖や借金があったという情報はない。

この川野という男は事前に新谷から聞いたところでは、社内結婚し、去年第一子が生まれたとのことだった。上司たちの印象ではリーダーシップをとれ、はっきり主張できるところが評価されているようだ。そんな様子が今の会話でも見て取れた。

「最後に津田さんには交際相手がいたことは聞いていますか」

「そんなことを言っていたような気がしますが、興味がなかったので詳しくは知りません」

川野と入れ替わりに入ってきたのは志々木文哉《ふみや》、二十九歳だった。

川野とは対照的に志々木は寡黙な男だった。

津田とはやはり研究テーマが異なるため、深い付き合いはないと彼は言った。

「津田さんの普段の様子に気になるところはありませんでしたか」

「よくわかりません。僕は仕事が終わるとすぐに帰宅してしまいます。だから仕事以外で会社の人とコミュニケーションを取ることはほぼありません」

父親が病気のため、仕事の後は介護をしているとのことだった。まだ三十歳になる前だが、大変な苦労をしているのだろう。

「以前、津田さんが顔中に痣を作って出社されたことがあるそうですね。ご存じでしたか」

「それは覚えています。僕らの中では噂《うわさ》になってましたから」

「その相手については何か聞きましたか」

志々木は申し訳なさそうに首を振った。

「では、津田さんの交際相手について何か知っていますか」

彼は視線を落とし、思い出そうとする素振りを見せるも結局首を横に振った。

次に入室してきたのは浜中透《とおる》、三十一歳だった。

彼は川野と同期で、津田と同じ溶剤系のテーマを多く扱っている。津田と接する機会が最も多かったようだ。

彼も川野と同様、津田に対して好意的とは言いがたかった。

「驚きました。前日まで普通に出勤していましたから」浜中は視線を下げた。「でも正直言ってあんまり悲しいって気持ちはありません。だって、津田さん、僕の出した結果を自分の成果として上に報告することが日常茶飯事でしたから……。正直、異動願を出そうと考えていました」

加集が言った。「反感を抱いていたということですか」

「いえ、その……」

浜中はしどろもどろになりつつも言った。「もちろん成果の一部には津田さんの指示によるところもあるとは思います。ですが、津田さんはリーダーになって間もないこともあるのか、課員たちを統率するには力量に欠けているとは思っていました」

「そこに不満があったわけですね」伊月が訊く。

「はい」

「なるほど。川野さんも似たようなことを言っていました。他に津田さんに対して不満を抱えていたと思われる人はいますか」

「え、いや、どうかな。ちょっとわからないです」

「川野さんから津田さんが顔中痣だらけで出社したことがあったと聞いています。ご存じですか」

「そりゃもう。ひどい顔してましたから」

「そのことについて何か心当たりはありませんか」

浜中は首を振った。「わかりません」

その後の会話からは特に新しい情報はなかった。

同僚たちから言質を取れたことにより、少なくとも津田に対する下からの人望はなさそうだとわかった。

また、津田が二年前まで在籍していた半導体の部署の者も紹介してもらい聞き込みをしたが、これまでに得た情報に新しく加えるところはなかった。

帰り際、加集がトイレに行っている間に浜中が尋ねてきた。

彼は窺うように言った。

「津田さんの顔の傷について、もしかしたら、ですけど……」

「何か知ってるんですか」ただならぬ気配を感じ、伊月は耳を傾けた。

「川野かもしれません」

ん？　と思った。

「川野さんが？」

「二人が激しく口論しているのを見ました」

浜中が言うところはこうだった。

日頃から津田は川野に対し、愚痴をこぼしていた。そんな川野も津田に腹に据えかねるものがあったようだ。

＊

豊島優慈が小学三年の時だった。

いつものように母の恵子に連れられて市役所を訪れた。

そこにいたややぽっちゃりした中学生くらいの男子がこちらをじっと見つめてきた。

どこかで見たことのある顔だ。

思い出した。近所に住む人だ。去年まで同じ小学校で時々見かけたことがある。

「お前、見たことあるな」

相手も同じことを思ったらしく、優慈をじろじろと観察してきた。

「おれはカズっていうんだ」

「僕は優慈」

母の恵子を待っている間、しばらく彼と話した。

優慈より四つ年上であるという。お互い暇を持て余していた時に顔見知りに出会えたことが二人の口をなめらかにした。

「うちは親の仲があまり良くなくってさ」

カズは寂しそうに言った。両親は共働きのようで、部屋で一人、ゲームをしていることが多いという。

「そっちは」

優慈も自分が無戸籍であることを特に気兼ねすることなく話した。

「無戸籍？　ふうん」

特に興味もなさそうな様子でカズはゲームの話をした。中学生といえば優慈からしたらずいぶん大人だ。その彼が気にも留めないのだから、やはり無戸籍など取るに足らないことなのだ。そう思うと少しうれしくなった。

ひとしきりゲームの話で盛り上がるとカズが誘ってきた。

「最近ワールドクエスト買ったんだ。今度一緒にやらないか」

優慈も欲しかったゲームだ。もちろんと優慈は目を輝かせた。

優慈の母、恵子と父の秀一《しゅういち》は仕事でいくら疲れていても優慈と接する時間を大事にし、休日にはよく近くの遊園地に連れて行ってくれた。今度の休みも約束していた。

そんな両親に申し訳ない気持ちを抱きつつも、優慈はカズの家でゲームがしたかった。

「中学生だなんて。悪い遊びを覚えてくるんじゃないかしら」恵子が心配そうに眉尻を下げた。

「まあまあ、近所なんだしいいじゃないか。好きにさせてやろう」

反対する恵子を秀一が諭してくれた。

優慈はカズと遊ぶことを許されると、頻繁にカズの家に行くようになった。彼の家にはゲームやパソコンなどなんでもあり、興味が尽きない。

カズの部屋で二人、声をあげてゲームに熱中した。

だけどカズの母親がいる時は居心地が悪かった。

母親がいるとカズは途端に機嫌が悪くなる。カズがテレビ画面に近い位置でゲームをしていた時、母親が注意しにきたことがあった。

それに対しカズは、

「んだよっ、うっせえな。こっちくんな」

暴言を吐いたのだ。

優慈と接する時には見せないカズの怖い一面だった。

一方で、父親に対しては甘えるような態度で接していた。彼にとって自慢の父親であるようだ。

ある日、カズの父親が顔を見せると、

「そうだ、また実験やってよ」目をキラキラさせながらカズは父に頼んだ。

「仕方ないなあ、ちょっと待ってろ」

言葉とは裏腹にカズの父はむしろ積極的だった。

「うちの父ちゃんは化学実験が得意なんだ」自慢げにカズが言う。

「カガク？」

カズの父は洗濯のりと水とお湯、ホウ砂《しゃ》と書かれた袋と色の付いたボトル、プラスチックのコップを持ってきた。

「おじさん、それ何？」ホウ砂を指して訊いてみた。

「魔法の粉だ」

ふふんっと笑みを漏らしながらカズの父は、コップにホウ砂とお湯を入れて混ぜ始める。次に別のコップに水を注ぎ、青色の粉を入れる。

「これは食紅《しょくべに》といってね、お菓子とかを色づけするために使われるものなんだ」

洗濯のりをそこに入れて最後にホウ砂の入った液を加えて、よく混ぜていく。

「これででき上がりだ」

カズの父はコップに手を突っ込み、粘性のある青いネトネトした物体を持ち上げた。

「何これえ」異様な物体に思わず声が出た。

「ははは、スライムってやつだ、ほれ」

カズの父は優慈の頰に青色のスライムをぺとっとつけた。

「うわ、気持ちわるぅ」

「おれにもくれ」

カズの父はカズの頭の上にスライムを乗っけた。

「なんだよお」

「お、似合ってるぞ。ははは」

カズの父も優慈も吹き出すように笑った。

カズはスライムを手にとり、「他の色も作れる?」

「作れるぞ。二人とも自分でやってみろ」

最初はそれぞれの液や粉の量に戸惑うも、カズの父がまずはやってみろというので適当に混ぜてみた。すると、意外にもしっかりしたスライムができた。

「できたっ」

「うまいうまい。遊び終わったらちゃんと後片付けしとけよ」

カズの父は二人を残して部屋を出て行った。

スライムのひんやりと冷たく、不思議な感触に優慈はハマった。

「あ、洗濯のりの量を調整すればこのネトネト具合が変わってくるよ」

仕組みがわかってくるとさらに夢中になる。優慈は結果も大事だが、そこに至る過程を自分なりに考えながら進めるのが大事ということをいつしか理解していた。

一方のカズは「へえ」と粘性には興味のない様子で、色を出すことに夢中になって適当に配合を続けている。

複数のスライムを作り終え、一息ついた。並べると色とりどりのスライムが鎮座していて満足だった。

「あっ、そうだ。ちょっと待ってろ」

カズがそそくさと部屋を出ていくと、自分の携帯電話を手にして戻ってきた。「せっかくだから写真撮ろう」

　それぞれのスライムを写真に撮っていく。

「カズくんのお父さんてカガクシャなの？」

　優慈はカズの父に憧れの感情を抱いていた。

「違うよ。父ちゃんはケミカルフロンティアって化学会社で働く技術者だ」


　別の日には庭に出て工作した。

「今日はロケットを作るぞ」カズの父が声高に言った。

「ロケットぉ？」

　優慈は興奮を覚えた。カズの目も期待に染まっている。

　カズの父は三ツ矢サイダーの入っていた空の五百ミリリットルのペットボトル数本と牛乳パック、ビニールテープを持ってきた。まず一個目のペットボトルを飲み口の円錐《えんすい》部分とそこから下の円柱部分、底辺部分にハサミで切り分けた。次いで二個目のペットボトルの底辺部分に一個目の円錐部分をテープで接着させた。……反対側の飲み口部分に一個目の円柱部分をはめ込む。

「ここがロケットの先端になる。ここがロケットの底部だ」

さらにカズの父は牛乳パックを切り、羽の形状にしてロケットの底部に接着剤でくっつけた。「どうだ」

見た目はロケットっぽい。

「おおー」二人は歓声をあげた。

最後に穴を開けたゴム栓を飲み口に装着。「これが空気の注入口になるんだ。お前たちも作ってみろ」

見よう見まねで作っていく。なんとかそれなりに作ってみたものの、カズの父のと違って不格好だ。それでも自分が作ったものに愛着が湧《わ》く。

ちらりとカズのを見てみると、しっかりとロケットの形にしており、羽部分はオリジナリティを加えている。

優慈の視線に気づいたカズは得意げな笑みを浮かべた。

近くの河川敷に移動した。

タンク部分に水を入れ、段ボールで作った発射台にセットする。

「さあ、いよいよ飛ばすぞ」

カズの父は自転車のタイヤ用の空気入れを使って、ペットボトルの飲み口に装着したゴム栓に空気を送り込む。

「いくぞっ」

手を離したロケットはビシュッと弾《はじ》けるような勢いで発射した。瞬く間に遥《はる》か前方へと飛び出し、やがて転がるように着地した。

「すげえっ」カズが叫んだ。

「めっちゃ飛んだっ」優慈も心躍るような気分で飛び跳ねる。

「まずまずだな」カズの父は腰に手をあて、にんまりとした表情で振り返った。「さて、誰が一番飛ばすかな」

カズがロケットをセットし始め、空気を入れていく。ロケットには八割くらいの水が入れられている。「父ちゃんのより飛ばしてやる」限界まで空気を入れ終わると、カズは手を離した。

「いけっ」

それはビュッと大きな音を立てて飛び出した。しかし、狂ったように左右に振れ、まっすぐ飛ばない。結果的に父親の半分ほどの距離で失速した。

「なんだよ」

残念がるカズを余所《よそ》に優慈は胸が高鳴った。自分の番だ。

空気をシュポシュポと入れていく。適当なところで止めた。飛んでくれよと願いを込めて、手を離してみる。

ブシュッ。音は二人よりも小さい。

だが、それはきれいな弧を描いて真っ直ぐに飛ぶ。カズの父ほどではないが、カズのものよりもずっと先に落ちた。

「やった」

「えー、なんでだよ」

手を額にかざしてロケットを見ていたカズの父が言った。

「優慈くんの勝ちだな。お前は見た目にこだわりすぎたんだ。あれじゃあ空気抵抗をまともに受けて飛行に適さない。空気と水のバランスも悪い。水を入れれば入れるほどいいってわけじゃないんだ」

「だったら最初に言えよ……」

カズは優慈の前で父親にダメ出しされたのが気に食わなかったらしく、すねたように言葉少なげだった。

優慈は自分の飛ばしたロケットを取りに行った。予想よりずっと遠くに飛んだことがうれしかった。どうすればもっと遠くに飛ぶようになるのかカズの父に訊いてみた。

「空気抵抗を減らすような形にしたり、軽量化したり、あとはカズにも言ったが、空気と水のバランスも大事だよ。自分で考えて工夫してみなさい」

先ほどのカズの結果を見るに、水は半分くらいがいいのかもしれない。空気はもう少し入れた方が良さそうだ。次はどういう形状のものにしようか考えていると、

「たまたま上手くいっただけで調子に乗るなよ」カズは低い声でぼやいた。

「こら、八つ当たりするな。ったく。ごめんね、優慈くん。こいつはまだ子供なんだ」

優慈は苦笑してその場をやり過ごすしかなかった。

多少カズとはギクシャクしたが、時間が経つにつれ、わだかまりも消えたかに思えた。

ある時、カズの父が不在で家にはカズと優慈の二人だけだった。

「またロケット作ろうぜ」

カズの提案に優慈は喜んだ。以前カズに言われたように、前回作ったものはたまたま上手く飛んだだけだ。今回は緻密に計算してやってやるぞと気持ちを引き締める。

優慈が遠くに飛ばすことを考えて作っていたのに対し、カズはロケットの先端にビー玉を付けて色を塗ったり、羽をギザギザにしたりと前回の反省をまったく踏まえていないように思えた。

いざ飛ばそうと河川敷に移動した。先に優慈がセットする。

角度を意識して発射台に載せる。十分に空気を入れた。さあどうだ。

ビシュッ。

前よりも格段に高くきれいな弧を描いた。

「やっぱりっ。思った通りだ」

前回のカズの父よりも飛んだのではないか。優慈は興奮で身もだえした。

「今の見た？」

振り返るとカズは興味がなさそうに自分のロケットをセットしている。

「じゃあおれの番だ。よし、前に行ってくれ」

言われた意味がわからず、首を傾げた。

「だから前に行けって、あの辺りに立つんだよ」

カズの苛立たしげな口調に、優慈は戸惑いながら従った。「こ、ここ？」

「そうだ、ちょっと立ってろ」

カズは空気を入れ始めた。

ロケットは上を向かず、真っ直ぐ優慈に照準が定められている。

「え、待ってよ。危ないよ」

カズは無言のまま唇の端を歪《ゆが》めている。

その表情を見て、背筋に冷たいものが流れた。

「いけっ」

カズが叫ぶと優慈は思わず目を見開いた。

放たれたロケットは回転しながら猛烈な速度で優慈の右腕をかすめた。右腕を見ると、切り傷ができ、うっすら血が滲《にじ》んだ。

「痛いっ、血が出てるっ」

これではロケットではなくミサイルだ。

「惜しいな。だけどまずまずだ」

カズは指を鳴らして悔しがるも、まずまずの出来具合に満足した様子だった。

「もう一回だ」

「嫌だよ、当たったらどうすんだよ」

「つるせえな、それが面白いんじゃないか」

優慈はその場を離れようとするとカズが駆け寄ってきた。

「嫌だってっ」

「調子に乗るなよ」

低い声で恫喝《どうかつ》し、強引に優慈の腕を摑《つか》む。摑まれた腕に痛みが走った。

カズの光のない目が怖かった。

「わかった、やるよ、やるからっ」

すぐに二発目の準備が整い、カズは言った。

「いくぞっ」

それは真っすぐ優慈めがけて飛んできた。恐怖した優慈は咄嗟《とっさ》に振り返って逃げる。と、直後に鋭い痛みが背中に走った。

「うぐっ……ってえ」

優慈はその場に崩れ落ちた。背中をさする。さすった手を見ると赤く染まっていて一瞬ぎょっとした。血かと一瞬思ったが、ロケットの先端に塗られた赤い絵の具だった。

「ははは、やった、大当たりだ」

カズはゲラゲラと笑いながら駆け寄ってきた。

その目には下卑た光が宿っていた。

やがて携帯電話のカメラで優慈を撮り始める。獲物を捕らえた狩人《かりうど》気分にでもなっているようだ。

以降、カズは優慈のことを舎弟のように扱った。

カズの父がいない時は、カズが独自で調べた化学実験を庭で行った。昆虫を対象にしたむごい実験に付き合わされ、しだいに対象を虫から優慈に変えていった。カズは優慈が泣く姿を携帯のカメラで撮っては悦に入っていた。

また、無戸籍の詳しい内情をどこから聞いたのか、優慈も知らないことをずけずけと言って嘲弄した。

「戸籍がないと学校に行けないはずだろ。なんで行ってるんだ？　そのうち逮捕されるぞ」

「結婚もできないらしいぜ。一生独身なんて可哀想なやつだな」

「仕事だって一生バイトのままだってよ。まあ、独身ならそんなに金はいらないか」

優慈はそれらの言葉に傷ついた。

帰宅しても父や母に告げることはなかった。ただの言いがかりだと自分に言い聞かせた。現に自分は小学校に通っているじゃないか。

別の日、またカズが優慈を誘いにきた。

もう嫌だ。

耐えかねて、優慈は断った。

「いいのか」唇の端を吊り上げてカズは携帯電話を振りかざした。「お前の泣き顔を小学校にばら撒《ま》くぞ」

「そんな……」

従うしかなかった。

それでもカズの父に会えるとうれしかった。色んな実験を教えてもらえる。極力カズの父と一緒にいれば、カズから暴力を振るわれることもない。

そんな風にして過ごすうち、突然、カズが引っ越すことになった。どうやら以前から決まっていたことらしい。

「ほら、ちゃんと挨拶しなさい」カズの父がカズの背中をぽんと叩《たた》いた。

「今までありがとうな」ぎこちなくカズは礼を言った。

優慈は解放された気分だった。

以降の休日、暇を持て余すことが多くなった。

今まで過ごした時間はなんだったんだろうと優慈に虚無感が押し寄せる。カズの危険な実験のせいでやけどや切り傷が増えた。思い出すだけで自分が惨《みじ》めになった。カズの家なんか行くんじゃなかった。

「どうした」

見かねたのか、父の秀一が気にかけてくれた。何も話す気にはなれない。

「そうだ。前に約束していたの、すっかり忘れてたよ。遊園地、行くか」

なんとなく、父に気を使われたのだろうと子供心にもわかった。そんな優しい父が好きだ。それにカズとの記憶を何かで上書きしたかった。

「うんっ」

自然と口元が緩んだ。

津田の交友関係を調べるため、津田の大学時代の友人知人をしらみつぶしに当たった伊月と加集だったが、大きな収穫は特になかった。いずれも最近は交流がなかった者ばかりで、津田の顔面を痣だらけにした相手は見つかっていない。津田の恋人については、そもそも実在するのかも不明のままだった。

一方で別働隊からの情報では津田に既往歴はなく、また、生命保険の加入状況にも不審な点は見られないということだった。

自殺の線が高まった時、津田の会社のパソコンを調べていた捜査員が削除されていたメールの復元に成功し、ある男とのやりとりが明らかになった。捜査員たちは俄然色めき立った。

その内容は以下のようなものだった。

『二〇二一年七月十七日　十四時三十七分
ケミカルフロンティア株式会社　津田様

お世話になります。

プレミアムリンカーの佐和《さわ》と申します。

ある企業様から津田様の技術力に大変興味を持ち、お話をお伺いしたいと承っております。よろしければまずはわたしとご面談させていただけないでしょうか。

津田様のそのお力をぜひ広く活用し、持続可能な社会の発展の一翼を担わせていただければと存じております。

後ほどこちらからお電話差し上げます。

それではよろしくお願い申し上げます。

プレミアムリンカー　代表取締役　佐和　雅人《まさと》』

『二〇二一年七月三十日　十時二分
ケミカルフロンティア株式会社　津田様
いつも大変お世話になっております。

プレミアムリンカーの佐和です。
先日はお忙しいところお時間をいただき、誠にありがとうございました。
先方も大変喜んでおります。
それではお約束の品については先日のお話の通り、発送していただきたく存じます。
拝受しだい、お振り込みさせていただきますのでご了承ください。
それではよろしくお願い申し上げます。
プレミアムリンカー　代表取締役　佐和　雅人』

『二〇二一年九月二日　十八時五十七分
ケミカルフロンティア株式会社　津田様

いつも大変お世話になっております。
プレミアムリンカーの佐和です。
ご無沙汰しております。
いかがお過ごしでしょうか。

先方から確認していただきたい事案があり、至急お伝えしたいことがあります。
大変恐縮ですが、ご都合つく時間はございますでしょうか。
何卒、よろしくお願い申し上げます。
プレミアムリンカー　代表取締役　佐和　雅人』

『二〇二一年十月九日　十三時二分
ケミカルフロンティア株式会社　津田様
いつも大変お世話になっております。
プレミアムリンカーの佐和です。
先方より、お約束の品について、大変満足したとご連絡いただきました。
津田様の技術力はさすがでございます。
またビジネスにつながる案件がございましたらご贔屓《ひいき》にお願いいたします。
よろしくお願い申し上げます。
プレミアムリンカー　代表取締役　佐和　雅人』

「プレミアムリンカー？　ヘッドハンターみたいなものですか」

伊月は係長の貝原に訊いた。

「表向きはそうだ。企業と個人、特に技術力のある技術者を中心に声をかけ、メーカーに紹介する会社のようだ。だが、裏の顔はどんな案件でも扱う闇ブローカーだ」

「違法な取引をしているってことですか」

「めぼしい人材をリサーチし、企業に紹介するわけだが、取引するのが人物そのものとは限らない。技術だけを売買する事業もやっている。これは明らかに違法だ。調べてみると、いわゆる闇サイトで『なんでも買います、売ります』とうたわれたホームページを開設していた。戸籍から代理出産、海外から出稼ぎにきた女や裏口入学まで広く扱っているという話だ」

「津田が会社のなんらかの技術データを売っていたということですか」加集が訊いた。

「そういうことだ」

「でもどうやってこの佐和って男は津田を見つけたんでしょうか」

伊月の疑問に加集が即答する。「特許だろう。津田は多くの特許を取得している。

技術者が名を売るには特許や論文、学会発表だろうからな」

貝原は頷いた。「現在、サイバー班がこのブローカーを捜査している。ついては、お前たちには津田が売ったとされる技術データがどういったものかを調べてほしい」

「わかりました」加集とともに伊月も頷いた。

「ところで、そっちの状況はどうだ」貝原が訊いた。

伊月はこれまでの事情を話した。

「ですので、津田本人がエタノールを自宅に持ち込んだ模様です。それと、津田の職場の人間関係について気になることが……」

隣で聞いていた加集が慌てたように言う。「まだ裏が取れていない情報です」

貝原は不審げに眉を上げる。「いいから言ってみろ」

伊月は加集の反応が気になりつつ、浜中から聞いた津田と川野に確執があったらしいことを告げた。

「そいつも気になるな。たとえば津田が技術漏洩《ろうえい》をしていたことを川野が知り、なんらかのトラブルがあったとすれば……」貝原は顎を撫でながらつぶやいた。

会議後、前を歩く加集に謝った。

「すみません。つい、出過ぎた真似をしてしまいました」

加集が足を止めて振り返った。

「安易に情報を出すと捜査を攪乱《かくらん》しかねない。とにかく浜中の発言の裏を取ることだ」

二人はケミカルフロンティアを訪れると、以前と同じ部屋に通してもらい、津田の業務内容に詳しい新谷と宇山にきてもらった。

「津田くんがうちの企業秘密を漏洩していたということですか」

事情を話すと新谷は動揺した様子で目をしばたたかせた。

宇山も口を半開きに啞然《あぜん》とした様子だ。

伊月は顎を引いて答えた。「津田さんのパソコンからそのような内容を示唆するメールが発見されました。津田さんがそういうことをしていたと思う節はありませんでしたか」

「いやあ、寝耳に水のようなことでして……。どうだ?」

新谷は隣に座る宇山に意見を求めた。みんなの視線が集中する。

「彼はわたしと違っていくつも特許を取っていたので可能性はありそうです」やや自虐的な口調だった。

「ちなみにどのような技術が売られたか検討はつきますか」

宇山は視線を下げ、考える素振りを見せた。新谷も唸り声を漏らす。

二人とも口を閉ざしたままだった。

「たとえば売れ筋の製品に関わる技術だったり、彼の取得した特許技術とかに思い当たる節はありませんか」

伊月の質問に新谷が答える。

「彼は広く液状のコーティング材料という分野の製品を手がけていました。……ですが、残念ながら彼の特許はほとんど製品に活用されていません」

加集が身を乗り出した。「どういうことでしょうか」

「彼は実に数十件もの特許を取得していますが、ほとんどが他社の参入を防ぐ意味合いですとか、うちが今後製品化するかもしれない時に備えての権利化です。製品に絡んでいる特許もありますが、製品自体がそんなに売れているものではありません」

「つまり、彼の特許は会社にとって有益ではないと」

「そういうことではありません」新谷は首を振った。「彼が特許として権利化しているおかげで競合他社が利益を得るのを防いでいるというのはあると思います。特許というのは判断が難しく、確実に有効であるものだけを取得するのは困難なことなんです。技術部としてはなるべく広い範囲で特許を取得するよう課員たちに指示しております。その特許が将来どれだけ有用なものに化けるかわからないですから」

加集は納得したように頷いた。「では、津田さんの特許のどれかがとても有用だと判断した企業がいて、その会社に彼が売ったということは考えられませんか」

「大いにあり得ることだと思います。彼が売ったとされる技術については少し時間をください。こちらで考えてみたいと思います」

「助かります」

伊月が引き取った。「他に津田さんが技術漏洩していたことに関して気になったことはないですか」

新谷は首を傾げる。

宇山の方はじっくり考えるように間を取った後、口を開いた。「あのことと何か関係あるのかも」

「あのこと？」

「三、四ヶ月前、津田が殴られたように顔を腫らして出社してきたことがありました。どうかしたのかと本人に訊いてみたんですが、酔った席で友人と喧嘩したということでした。つまらない内容だったらしく、お互い反省して仲直りしたとは言っていましたが」

ああ、と新谷が声を出した。「そんなことがあったな。ひどい顔だったから心配したが、本人はたいしたことじゃないと言っていたし、プライベートなことに突っ込むのはどうかと思ってあまり気にしないでいたが」

宇山は首肯した。「もしかして、金絡みだったんじゃないでしょうか。金に困った津田はやむを得ず技術漏洩をしたとか」

津田が顔を腫らして出社したことは以前、川野が言いだし、志々木や浜中も知っていた。恐らく同じことを指しているのだろう。ちょうどいい。

「津田さんと川野さんには確執があったと伺っています。激しい口論をしていたようです。津田さんの顔に傷をつけた相手ですが、川野さんということはないですか」

「確執？」新谷が目をぱちくりさせた。「いや、そんな話は聞いたこともありませんが……」

「宇山さんはどうですか」

「わたしも初めて聞きます」

「そういう事実があったとすれば、川野さんが津田さんに暴行した可能性もあり得るかと思いますが」

するとと宇山が吹き出した。「そんなこと川野がするわけありませんよ。津田が一方的にするならまだしも、川野が人を殴るなんてあり得ません。わたしが保証します」

宇山は胸を張った。

そうまで言われると自信がなくなる。

「ちなみに火災の起きた日、川野さんが何をしていたかわかりますか」

「確か子供が体調を崩して入院したらしく、前日から二日間休みを取っていました」

「間違いないですか」

「奥さんの仕事が休めないということで、その二日間は子供につきっきりだったはずです」宇山は自信ありげな様子だ。

それが本当なら、仮に津田に暴行したのが川野だったとしても、津田を殺したのは川野ではない。

宇山から病院名を聞いておく。

加集が訊いた。「津田さんが顔を腫らして出社してきたのは三、四ヶ月前とのことですが、正確な日時はわかりますか」

「えっと、いつだったかな」宇山はこめかみに指を当てて思い出そうとする仕草をした。

新谷も腕を組み、目をつむり考え込んだ。やがて新谷は目を開いた。「確かその前日休んでいなかったか」

「そういえばそうかもしれません。そうか、きっと痛みが引くまで出社を控えたんだ」

「ちょっと待ってください。出勤記録を確認してきます」

新谷は応接室を出ていき、十分ほどして出勤記録を印刷した紙を持って戻ってきた。

「彼が顔を腫らして出社してきたのは九月八日の水曜だと思います。六日と七日に有給休暇を取得しています」

つまり、その前の三日の金曜に会社を退社してから七日の火曜までのどこかで津田は何者かに顔を殴られたということだ。

他の社員にも話を訊いたところ、津田と川野に確執の事実はなさそうだった。

浜中に問い詰めると彼は顔を青白くした。

「申し訳ありませんでした」

「どうして嘘をついたんですか」

伊月が苛立ちながら言うと、浜中はたじろいだ様子で話した。

川野の妻は同じ会社の社員であり、かつて浜中と交際していた。しかし、後に浜中は振られ、彼女は川野と結婚する。浜中は仕事面では津田に成果を横取りされるなど大きな鬱憤を溜めていた。順風満帆の川野に対する嫉妬心は強く、少しでも川野に対する社内の評価を下げるため、警察に川野に目を付けてもらおうと考えたという。

警察が川野を怪しんでいるという印象を社内に根付かせることで川野の印象を悪くしようとした。

浅はかな悪知恵だ。伊月はそんな見え透いた魂胆を見抜けなかった自分を恥じた。

宇山から聞いた病院に問い合わせてみると確かにその二日間、川野は病院にいたことがわかった。

署に戻る車中、伊月は加集に謝罪した。

「すみませんでした。僕に隙があったから浜中は嘘をついたんだと思います」

「そうだな。何がいけなかったかわかるか」

そう問われ、考えた。「僕なら利用しやすいと思われたんでしょうか」

「なぜ浜中はお前を利用できると思った」

伊月は言葉に窮した。

「最初に浜中に聞き込みをした時だ。あの時、津田に対する不満を述べた浜中に対し、『川野さんも似たようなことを言っていました』とお前は告げた。どうして川野の名前を出した」

加集の問いに答えられずにいると、

「恐らくお前は浜中を安心させるつもりだったんじゃないのか。別の者もそういうことを言っている。だから気にせず話してくれ、というふうに」彼は言った。

その通りだった。「……はい」

「しかし、浜中はお前のその人のよさにつけ込んで、こちらに嘘の情報を流した。警察を利用しようとした不届き者だ。だが、お前にも問題がある。軽はずみな言動は慎むことだ」

伊月はうなだれた。加集の言うとおりだ。参考人を甘く見ていたのかもしれない。

「ご指摘ありがとうございます」

もうすぐ署に着くというところで技術漏洩の件について意見を訊く。

「どう思いますか」

「かなり怪しいな。恐らく、友人と殴り合ったというのは津田の嘘だろう」

加集は津田と闇ブローカーとのメールのやりとりを印刷した紙を眺めていた。

「九月二日の木曜のメールだ。『至急お伝えしたいことがあります』とある。何か不測の事態が起ったんだ。翌日三日の金曜から次の火曜の間に津田は顔を何者かに殴られた。闇ブローカー絡みだと思って間違いないだろう」

伊月も同意する。至急という相手の表現から金曜、もしくは土曜には津田はなんらかの対応をした可能性が高い。

「次の十月九日のメールだ。直前のメールから間隔があいているが、『先方より、お約束の品について、大変満足したとご連絡いただきました』とある。つまり、津田はこの間に何か行動を起こし、窮地を脱したということだ」

署に戻り、伊月は浜中の嘘の情報について貝原に謝罪した。

貝原が何か言いかけたように見えたが、加集を見て口を閉ざした。加集に任せているようだった。

しばらくすると、生活安全部のサイバー犯罪対策課がプレミアムリンカーの佐和を不正競争防止法違反の容疑で逮捕したという知らせを受けた。佐和が開設していた闇サイトから足取りを掴んだようだ。

津田とは関係のない別件での逮捕だったが、余罪を取り調べる中で、津田との絡みが浮き彫りになってきた。

現在も事情聴取を受けているとのことで伊月は加集と早速取調室に向かった。

マジックミラー越しに見る佐和は短い黒髪にあごひげを生やしていた。五十二歳ということらしいが、髪を根元から立ち上げた風貌は四十代半ばで通りそうだ。ふてくされた様子で担当取調官と会話を続けていた。

先に様子を見ていた別の刑事に話を聞く。

元々津田が取得した特許技術を中国企業が欲しがり、斡旋《あっせん》した。中国企業は広東省《カントン》にある化学メーカー、チャイネスというところだ。しかし津田が持ってきたデータはどれもが使えないことがわかった。

「津田の技術はまるっきり嘘だったらしい」

その後、怒り狂った佐和は津田をリンチした。その日が九月三日、金曜の夜。これで津田が顔を殴られた理由が明らかとなった。

「臓器や戸籍でもなんでも売れと恫喝したようだ。その後に津田が持ってきた技術データはちゃんとしたものだったらしくチャイネスも許したらしい。それ以降、津田とは連絡を取っておらず、津田の死亡については何も知らないとさ」

「なぜ津田は嘘のデータを売ったんでしょうか」

「さあな。金は欲しいが会社に対してもそれなりに愛社精神ってのがあったのかもしれん」

愛社精神。これまでの調べから判断するに津田はそんなもの持ち合わせていないだろう。何か別の理由があるはずだ。

「最終的に持ち出した、ちゃんとした技術というのはどういうものだったんですか」

「なんでもセルロースナノファイバーとかいう新素材に関するものだそうだ。流行のナノテクノロジー関連の技術だろう」

セルロースナノファイバー。確かケミカルフロンティアで宇山が開発検討していた先端材料だ。中国の競合他社に先を越されたと言っていた。

「この件についてはチャイネスに問い合わせることになっている」

「恐らくまともに回答してくれないだろうな」加集が嘆息するように言った。

「どうしてですか」

「営業秘密の侵害は不正競争防止法に違反する。そのペナルティは決して小さくはない。たとえば日本製鉄《にほんせいてつ》がかつて新日鐵住金《しんにってつすみきん》時代、元社員が韓国企業のポスコに鋼板の製造技術を提供したとして、ポスコと元社員に対して約千億円の損害賠償を求めた。結果、ポスコが三百億円を支払い、元社員も和解金を支払っている。今は法改正により、さらに厳罰化されている。そのため情報を持ち出させる意図がある企業は周到だ。証拠を残さないように慎重に動く」

確かに法的制裁のペナルティは大きい。正直に答えさせるのは難しそうだ。

なんにせよ、佐和の逮捕によって事件は前進した。津田が会社の技術を漏洩したことに端を発している可能性が高い。

席に戻り、情報を整理していると加集に呼ばれた。予想はできた。

「係長からの指示だ。もう一度ケミカルフロンティアに行くぞ」

「津田の売った特許についてですね」

加集はUSBを差し出した。

「津田が売ったとされるデータが入ったコピーを預かった。今度はしくじるなよ」

釘《くぎ》を刺され、伊月は胃がぎゅっとなる感覚を覚えた。


ケミカルフロンティアの応接室で、伊月はUSBを差したノートパソコンの画面を新谷と宇山に見せた。

「た、確かにこのデータは津田くんが取得した特許に類似してますね。どうだ？」

新谷は隣の宇山に尋ねた。

「恐らくそうでしょう。配合量や化合物の官能基の種類に微妙な違いがありそうですが。……これを津田がチャイネスに売っていたんですか」

伊月は宇山の反応に、画面をスクロールしていた手を止める。

「そのようです。微妙な違いというのは確かですか」

宇山は頷く。「うちでは、発明が完成した時点で、特許を受ける権利は発明者ではなく会社が取得するという契約になっています。従って特許権は最初から会社に帰属し、発明者は権利を持ちません。ですので津田本人に特許の技術を売る権利はありません。特許として存在している以上、他社はこの権利の範囲で製品を作ると特許侵害となり、裁判になれば負けてしまいます。そこで、津田は特許の権利範囲外で技術を再現できる方法を売ったのだと思います」

「そんなことができるんですか」

「発明者ならたやすいでしょう。ケミカルの分野では特許の権利化の鍵は実験データです。たとえば出願した後、開発検討をさらに進める中で新たに改良手法に気づく場合があります。しかし出願時点で明らかではなかった実験データを追加するには出願後、一年以内に主張しないと認められないなどの条件があります。また、オープン・クローズ戦略といって、発明の一部は特許で開示するけど、一部はノウハウとして秘匿するやり方も最近は多いです。いずれにせよ、津田は出願時に記載していなかったデータを売ったのだと思います。恐らく会社に内緒にしていた内容でしょう」

「なるほど。ですが、その売った技術は嘘だったとチャイネスは言っているようです」

「出願後に思いついた追加の実験データであれば、十分な検証がされていなかったんじゃないでしょうか。それならばそもそも効果のある技術でなかったのだと頷けます。あるいは、たまたまチャイネス側のやり方にハマらなかっただけなのかも」

伊月は目線で合図し、加集は頷いた。

伊月はパソコンを操作して、津田が最後に売ったとされるデータを開いた。

「この部分についてはどう思われますか」

宇山の反応を窺うと、彼の瞳孔が徐々に開いていくのが確認できた。

宇山の異変に気づいた新谷もパソコン画面を見つめる。

「CNF？　まさか、そんな」新谷は顔を強張《こわば》らせた。「ちょっと貸してください」

伊月からマウスを受け取り、画面をスクロールさせる。

その後よほど衝撃を受けたのか、二人は唖然としたまま黙り込んだ。

「やはり、以前宇山さんが研究していた内容でしたか」

「え、ええ」新谷が画面に見入ったまま頷いた。

「つまり、チャイネスに先に特許化されたのは、津田さんがその技術データを売っていたから、ですね」

津田は特許で権利化していない範囲のデータを売ったが、失敗に終わった。佐和に恫喝された彼はよほど窮地に追い込まれていたに違いない。

そんな時、社内では宇山がＣＮＦの技術を発表した。チャイネスはケミカルフロンティアと同業だ。ＣＮＦに関する研究がされていても不思議ではない。津田はこの有望な技術を代替としてチャイネスに漏洩することで難を逃れた。そんなところだろう。

「社内のデータは簡単に持ち出せたりするのですか」加集が訊いた。

落ち着きを取り戻したらしい新谷が答えた。

「お恥ずかしい話ですが……」新谷は顔を曇らせて頷いた。「基本的に社内の共有データはグループ内であれば誰でも閲覧できますし、個人で保存しているデータでも持ち出すのはそう難しくありません。個人に貸与している会社のパソコンは一応、一定時間操作がなければ自動でロックがかかる仕組みにはなっていますが、離席した直後を狙えばロックがかかる前に操作が可能です。わたしたちのような職種は実験でたびたび席を離れるので」

宇山は険しい表情で、口を真一文字に結んでいる。

かなりショックだったのだろう。この研究に並々ならぬ思いがあったのはこれまでに聞いたことから想像できた。

伊月は遠慮がちに宇山に訊く。

「このＣＮＦのテーマは宇山さんお一人で？」

「……いえ。部下たちもよくやってくれました」

「というと」

「川野と志々木です。彼らはわたしの設計思想をよく理解し、日々手を動かしてくれました。川野は全体のスケジュールを立て、都度軌道修正し、志々木は寡黙ながら時に鋭い洞察で難題をいくつも解決してくれました。もうすぐ特許も出願できるという状況で、彼らのモチベーションも高かったように思います。わたしもそんな部下たちを厚く信頼していました」

「それは思い入れがあったでしょうね」伊月は硬い表情の宇山に対し、寄り添う言葉をかけた。

加集が尋ねる。「このCNFの技術開発というのはどれくらい世の中に影響があるものですか」

宇山を気遣ったのか、新谷が答えた。

「CNFは鉄の五倍の強度を持ち、鉄の五分の一の軽さといわれる新素材です。この技術において日本は世界をリードしているとされていますが、社会実装にはまだ時間がかかるのが実情です。環境省や経産省も取り組んでいるテーマでして、たとえば自動車や飛行機、列車などの内装や外装への実装が期待されています」

加集は頷きながら話を促した。

「ＣＮＦは木材やサトウキビ、稲わらなどあらゆる植物細胞の基本骨格を担っているものですから原料は自然界のものになります。ですから鉄などの金属がこのＣＮＦに置き換われば、軽量化と強度アップを同時に図ることができ、環境にも非常に良いことになります。しかし、現状はこの素材を加工する技術が難しく、特にコストがかかります。安価に加工できる技術が生み出されれば一気に鉄などとの置き換えが進むかもしれません」

へえ、と思う。こういうところから社会は発展していくのかと感嘆してしまった。

「その分、国内の競争も激しいですがね。会社の業績が悪い中、このテーマはＶ字回復を狙える一手でしたので社内の期待も非常に高いものでした」

加集は顎を撫で、追加で訊いた。

「宇山さんの研究ではどういった部分が特徴なのですか」

「ある官能基をＣＮＦに導入することで、樹脂との相溶性を劇的に改善することができるようになりました。この手法により加工時のコストを大幅に低減させることができるようになります」

聞く限り、需要の大きそうなテーマだ。中国企業が欲しがる理由もわかる。

伊月は問う。「こういう風に先に特許を取られてしまうのは良くあることなんですか」

「多発的に同じ研究をしていた者がタッチの差で特許を出願することなら時々ありますが……。漏洩により得た最新技術を先に特許化するなんて聞いたこともありません」新谷は肩を落とした。


新谷と宇山の後、若手にも話を訊くことになった。

先に浜中がやってきた。彼は津田と同じ系統のテーマを扱っているため、あまりCNFには詳しくないようで、

「すみません。触ったこともないのでよくわかりません」

以前のことがあったからか浜中は終始うつむいた表情だった。

それ以外は津田の特許に関する部分はその通りだと答えた。

次に川野が部屋にやってきた。

宇山の指導のもと、CNFの技術開発に従事していたため宇山同様に詳しく、自分たちが検討していたものに間違いないと話した。

宇山同様、ショックを隠しきれない様子でつぶやいた。

「津田さんがこんなことをしていたなんて……」

しばらく放心状態となった後、意を決したように川野は口を開いた。

「あの、津田さんの特許について気になることがあるんですけど」

「津田さんの？　宇山さんのではなくてですか」

「はい。実は――」

川野は緊張した様子で語った。

津田の業務は一旦、川野が引き継ぐことになった。どうやら次の人事発令で川野がグループリーダーを務めることが内々に決まっているらしい。ゆくゆくは川野を宇山の後継に据えるようだ。

「引き継ぐといっても津田さんはいないので、これまで津田さんが取得した特許を読み漁り、津田さんの実験を再現することから始めたんです」直後、川野は顔を曇らせた。「だけど、何回やっても再現しないんです。どうやっても特許に書かれていることが成功しないので……きっと津田さん、捏造《ねつぞう》していたんだと思います」

えっ、と伊月は川野を凝視した。

「漏洩した技術だけでなく、取得済みの特許もでたらめだったということですか」

川野は苦い表情で言う。

「気になって他の特許も確認してみましたが、ことごとくでたらめでした。多分、津田さんは社内の評価を得ようとして適当なことを書いて出願していたのだと思います」

「ちょっと待ってください。そんなことできるんですか。上司の新谷さんや宇山さんは気づかないんですか。それに特許を査定する専門家がいるんでしょう?」

「チームでやってるテーマではないですし、津田さんの特許はほとんどが製品に絡んでいないので社内にはまずバレません。もちろん出願された発明を審査する審査官はいます。ですが、学術論文と同様で、いくら専門家といえど、その分野の周辺技術に詳しいだけで実際に検証しているわけではありません。業界の常識と既存特許の内容とを照らし合わせて判断するんです。そもそも特許とは進歩性や新規性が問われるものなので、知識から捏造を見破ることは明らかな矛盾などがない限り困難だと思います。ですから津田さんもある程度調べた上で特許を取れそうな内容を考え、実験データを捏造して出願していたんだと思います」

「聞く限りひどいものですね。津田さんの行為は誰にもわからないものなんですか」

「難しいと思います。たとえば現在世の中に登録されている多くの特許も、記載されている技術のメカニズムが正しいかどうかなんてわかりません。そこを正しく明らかにしないと特許化できないなら、いつまでも権利化できませんから。客観的事実から構成される学術論文よりずいぶん緩いように感じます」

「そうなると津田さんがやっていたケースはわりとよくあることなんでしょうか」

川野は険しい表情で答えた。

「この業界では詰めが甘くてもアイディアを思いついたら他社に先を越されないよう、すぐに権利化することが重要です。なので、あくまで論理に矛盾がなければ発明者の推測で出願が可能なんです。それで味を占めてしまうと心理的ブレーキは緩くなるのかもしれません。事実、特許の取得に関してノルマを課しているような会社では、発想に基づく架空の実験データで出願することも多くあるようです」

「慣習となっているわけですか」

「上からの指示で、他社が真似できないようあえて架空のデータを紛れ込ませる、なんてことも聞きます。結局、特許により自社技術のノウハウをさらけ出すことはバレなければ何をしてもいいと考える者に対してリスクでしかありませんから。嘘の特許は法的処分の対象になりますが故意でない限り罪に問われず、故意かどうかの判断は非常に難しいとされます」

生き馬の目を抜く競争が強いられる中、業界におけるコンプライアンス意識の醸成は難しいのだろうか。

「それにしても、そんな簡単に特許を取れるものなんですか。それに津田さんにとって特許を取る意味ってなんだったのでしょうか」

「特許取得はアイディアによるところが大きいと思います。いいアイディアを思いつきさえすれば、あとはコストや実用面などにつながるようストーリーを構築していくだけです。特許法により、発明者にはその対価として、相当の金銭その他の経済上の利益を受ける権利があります。うちでは社内における成績や昇進、昇格に寄与します」

「津田さんは会社を欺いて特許を取得し、そのおかげで昇進していたということですか」

川野は頷いた。「そのように思います」

津田は後輩の成果を奪い、上司をも欺いて特許を出願していた。若くして出世したということだが、嘘で塗り込めて得た地位だ。

「あまつさえ宇山さんの技術まで売るなんて、人として最低です」川野は唇を嚙んだ。

「実際のところ、新谷さんや宇山さんと津田さんの関係はどうだったんでしょうか」

加集が訊く。

川野がおずおずと口を開いた。「新谷さんはああいう温厚な性格なので特に何かあるということはないと思いますが……」

加集が眼光を鋭くした。「宇山さんとは何かあるんですね」

川野は頷く。

「ぜひ伺いたいのですが」加集が追撃する。

川野は言いにくそうにしていた。少し間を置いて、物思いに沈んだ表情で切り出した。「宇山さんと津田さんはつい最近も言い争いをしていました」

続く言葉はこうだった。

感染症の影響により、在宅ワークを強いられる世の中に宇山は辟易していた。宇山は長年研究してきたテーマとCNFが見事にマッチすることを見いだし、目当てとする組成物がほぼ得られていた。特許出願も控えていて、あとは足りない実験データを収集し、まとめるだけというところだった。そのため在宅ワークには否定的だった。

「そんな宇山さんに対し、津田さんが言ったんです。『今の世の中、宇山さんの考えは古い』って。とても上司や年上に対する態度ではありませんでした」

「宇山さんは津田さんに対してどういう感情を持っていたと思われますか」

「ポジティブではなかったと思います。学歴がある津田さんに対し、宇山さんは決して良い大学を出たわけではないのでコンプレックスもあったかもしれません。表面上は平静を保って会話していましたが内心はそうではなかったと思います」

川野と入れ替わりで志々木がやってきた。

漏洩したとされる内容を見せると、志々木は目を剝《む》いたままパソコン画面に釘付けとなっていた。喜怒哀楽が薄いと思っていた表情に狼狽《ろうばい》の色が見て取れる。宇山らと同じく、熱意を持って取り組んでいたものを同僚に裏切られる形で失ったショックは大きいのだろう。

「宇山さんの特許で間違いないと思います」

志々木からも確認を取ることができた。これで宇山には動機があることになる。

「ありがとうございます。他に思い出すことはありませんか。些細《ささい》なことでもあればどんなことでも構いません」

志々木は口を閉じたまま視線を下げた。

伊月は加集を見ると彼は小さく頷いた。撤収だ。

志々木がちらと視線を上げ、「そういえば」と口にした。「会社で使用しなくなった実験器具を宇山さんがよく持ち出しているのを見たことがあります」

上げかけた腰を戻し、志々木の話を促す。

「何のためだと思われますか。他社に横流ししていたとか？」

「わかりません。一人で運ぶのに苦労するようなものもあったかと思います。古いものですのであまり価値のあるものとも思えません」

実験器具なんか持ち出して何をしているのだろう。家に持ち帰って実験でもしているのか。当初抱いていた印象から一転、宇山に不審な点がみられるようになった。

帰りの車で加集に訊く。

「宇山は津田とは不仲でした。もし、津田が宇山の技術をチャイネスに売ったことを宇山が知っていたらどうでしょう。殺人の動機としては筋が通りませんか」

加集は少し間の後、言った。

「同意見だな」

伊月は体温が上がるのを感じた。思わず頰が緩む。

署に戻って貝原や他の捜査員にこれまでの経緯を報告した。

科捜研からも報告があったようだ。帝都工業大学の本上から受けた指摘に対する回答だった。貝原が説明した。

「自然発火を起こすケースは存在せず、エタノールと相互作用を起こす物質の存在もない。大豆油や魚油などの乾性油も痕跡はなかったということだ」

貝原は一呼吸置いて続ける。「また、静電気によってエタノールが引火した可能性についてだが、確かにエタノールは霧状になると燃えやすくなり、火災を起こす事故もあるようだ。ただ、それなら比較的火災が軽度のうちに被害者はなんらかの処置が可能だったと思われる。それに偶然性に頼りすぎており、意図してできるものではないとのことだ」

加集が唇を尖《とが》らす。「なんだ、あの教授、やっぱ手抜きだったんじゃないか。もっともらしいこと言いやがって」

「それと」貝原が続けた。「火事現場の床に微量のガリウムが付着していたことが判明した」

伊月が疑問の声を出すと貝原は、まあ待て、と目線で制した。

「ガリウムは人の体温で容易に溶かすことができる低融点の金属だそうだ。日常生活で手にすることはまずない。被害者は化学会社に勤務することから出所はこの会社であると考えられる。一応確認したが微量過ぎて、この程度では何もできないだろうとの見解だ。被害者が意図せず自宅に持ち込んでしまったのだろう。念のため、伝えておく」

「電池は？　部屋に単三電池が転がっていたはずですが。それが原因で出火した可能性はありませんか」加集が訊いた。

鑑識が答えた。

「電池を調べてみましたが、発火したような痕跡は見当たりませんでした。電池が絡む火災は、複数の電池や導電性のあるものと接触したことによる事例が多いです。今回のように単三電池一本で火災が起きることは可能性としては低いと思われます。これは私見ですが、恐らく棚などに置かれていた電池が火災時の衝撃によって床に落ちたのではないでしょうか」

最後に貝原が真剣な表情で一同を見渡した。

「津田宅の火災と、会社の技術を漏洩していたことが関係ないとは思えない。漏洩絡みで何者かに殺されたか、あるいは窮地に陥って自殺を図ったか。これまでの情報を踏まえると後者の線は極めて薄い。よって本件を殺人事件と断定し、ここに特別捜査本部を設置することになった」

特捜本部。本庁刑事部長の名の下に、所轄の警察署だけでなく近隣の警察署、機動捜査隊などにも声がかかり捜査能力は一気に増強される。

ぴりっとした空気が走る。

貝原は続けた。「目下のところ被害者の同僚である宇山がホシの可能性がある。宇山は自分の研究していたデータを津田に売られたことを知っていたのかもしれん。そうだとすれば殺人の動機としては十分だ。当面、宇山を監視する。だが他の線が消えたわけではない。常にあらゆる可能性を考えて捜査にあたってくれ」

最大の難関は宇山がどうやって津田に火をつけたかだ。事件当日、宇山は出社してウェブミーティングに出席している。そのわずか数分後に津田は火災に巻き込まれた。アリバイは完璧だ。一体どうやって。

科捜研がすでに反証しているが、本上が指摘した内容について伊月なりに考えていた。思いつくことはあるものの、現実に可能かどうかわからない。

本上の話を聞いてみたい。津田の身辺調査の結果、津田はトラブルを抱えてはいたがそれが原因で自殺するような性格ではないことはわかった。その他、これまでに得た事実を伝えれば何か考えてくれるかもしれない。

加集に声をかけると、

「目つきの悪い女のところか」加集は小さく息をつく。「行ってきてくれ。おれは宇山の身辺をあたる」

彼女のあの冷徹な視線が目に浮かんだ。

正直、気は重いが何か摑めるならと腰をあげ、伊月は帝都工業大学を訪ねた。

本上が在室であることを確認し、教授室をノックする。

「こんにちは。お忙しいところすみません」

こちらに気づいた彼女は一瞬眉を寄せた。「ああ、どうも」

彼女はデスクを離れ、ソファに座るよう促した。

伊月はこれまでの捜査状況を説明した。

以前に本上が指摘したことについては科捜研からの結果を伝えた。

「自然発火するケースやエタノールと相互作用する物質の痕跡はありませんでした。静電気による発火については状況としてあり得なくはないですが、火災の規模としては限定的で、被害者が死に至るまでに何か対策を講じられたはずだという見解です」

　これに関して特に反応はなく、予想通りといった様子だった。

　くわえて被害者周辺の聞き込み結果についても伝えると、本上は白衣のポケットに手を突っ込んだまま答えた。

「自殺の可能性は低いということね」

「まだ断定はできませんが。これを踏まえて何か気になる点とか、現状の課題などでもあれば教えていただけないでしょうか」

　本上は手を口にやりながらつぶやいた。「津田は会社の技術漏洩という罪悪感を抱えるような性格ではない。火災は朝、ウェブミーティングの後。脳はある程度覚醒状態にあったと考えられる」彼女は火災現場の写真を眺めた。「被害者が予測できなかったなんらかの事象が発生し、自ら失火してしまったような事故の可能性は低い、か」

「第三者による行為で火がつけられたとして、どういう方法がとられた可能性があるか検討していただきたいのです」

　しばらく本上は写真を見つめ、間もなく首を振った。

「わからないわ」写真を戻してきた。「別の専門家に依頼した方がいいでしょう」

　素っ気ない対応に伊月は言葉を失った。

伊月の表情に気づいた彼女は言った。「自分では考えてみた？」

「もちろんです。わたしだけでなく担当している捜査員はみんな頭を使い、考えました」

「そして今は人任せにすることに重点を置いている」

「いえ、そんなことは……」

「警察は権威を振りかざしさえすれば誰でも思い通りになると思っていない？　難しいことはできる人に頼む。その方が簡単で効率が良いと考える。だから自分は向き合わない」

返答に窮した。そういう一面がないことはない。見透かされたようでつい視線をそらしてしまった。

「わたしは努力しない者は嫌いなの。大して頭も使っていないのに困ったらすぐに人を頼る。今までもそうやってきたのだろうけど、わたしは暇じゃない」本上は立ち上がった。

「そんな、待っ――」

「先月起こった化学工場での爆発事故」と彼女は言う。「現場作業員が三名死亡、五名が重軽傷を負っている。なぜこの事故は起こったのか。事故直前のオペレーションは適切だったか。今後どのように是正すればこのような事故を繰り返さないかを検討しなければいけない。代わりにやってくれる?」

鋭く無慈悲な視線が伊月を射抜いていた。

返す言葉が見つからない。

本上は体を反転させ、デスクへと向かって行く。

情けなかった。

自分はまだ何の役にも立てていない。捜査本部ではみんなが懸命にたぐり寄せた手がかりによって津田の死の真相に近づき始めているというのに。

「……では、単なる化学の質問として相談に乗ってもらえないでしょうか」

本上はデスクに戻りかけた動きを止めた。顔だけこちらを向け、やや首を傾げた。

「黄《おう》リンという物質があるそうですね。室温でも空気に触れると自然発火するため、通常は水中保管するものです。たとえば犯人はあらかじめ津田の部屋に水と黄リンが入ったペットボトルを忍ばせておいたという状況を想定します。ウェブで津田と話した時、上手くそそのかしてペットボトルの黄リンを空気に触れさせたとすれば、黄リンの発火により火事を起こすことは可能でしょうか」

本上は体ごと向き直った。

「黄リンには独特の刺激臭がある。たとえ水中保管していても蓋を開ければすぐに異臭に気づくはず。そこをクリアしても片手で運べるくらいの量で火事を起こすのは難しいわね。空気中で発火すると言ってもそこまで酸素と激しく反応するわけじゃない。それに燃焼後は酸化物として残るから鑑識が見落とすとも思えない」

「そうですか……」

全然だめだ。

かじった程度の知識で解決できるほど甘くはない。

「黄リン」と彼女は言った。「自分で調べたの？」

「はい。以前、自然発火する物質についてお話ししていただきましたので。いけるかなとちょっと思ったんですけど」伊月はふっと自嘲の笑みをこぼした。「先生は講義で、安全工学は人間要因の研究が必要だとおっしゃっていました。多くの現象が人的要因と物的要因の組み合わせによるとも。そのことを念頭に考えると、津田本人にある行動を取らせることで火災を起こしたんじゃないかと思ったのですが……なかなか上手くいかないですね」

少しの間。

あきれられたのだろうか。見上げると彼女はふっと息を吐いたように感じた。

「教壇に立つ者として、教え子の誠意ある問いには答える義務がある、か」

彼女はまたソファに座り直した。「警察の方で他に得られた情報は？」再び写真を眺め始めた。

全身が弛緩《しかん》し、込み上げるものがあった。

「ありがとうございます」

とは言うものの、伊月はメモを見て表情を曇らせた。「ですが特に提供できるようなめぼしい情報はありません。現場でガリウムが発見されたんですが、どうやら被害者が職場で使用したものが偶然自宅に持ち込まれたようで……」

伊月は頭を掻《か》きながら苦し紛れに言った。他に情報はなかったかと手帳をめくっていたところ、本上がこちらを見つめていた。

「ガリウム？」

「あ、はい。でも微量すぎて何にも使えないだろうという見解です」

彼女は右手を顎にやり、思案げな表情を見せた。

「火事現場を見せてもらうことは可能かな」

人員増強に伴い、講堂に移された本部の入り口には『化学技術者殺人事件特別捜査本部』と書かれた模造紙が貼り出されていた。

スチール机で作業をしていた加集に相談すると、「もう現場での鑑識活動も終わっている。係長に許可を取れば問題ないだろう」彼は答えた。

伊月は貝原に許可を取り、本上を連れて津田のマンションに向かった。

出火原因の分析のため、部屋の物はいくつか持ち出されている。伊月は消火当時の物の配置について、写真を見せながら本上に説明した。

「この掃き出し窓の前に作業用のデスクと椅子がありました。ちょうど窓を背にする配置です。その右横には加湿器が、左の壁には本棚が置かれていました」

さらに、窓には落書きがされていたことと、その落書きを消す津田を目撃した者がいたことも付け加えた。

「ここで被害者は火だるまになったのね」

部屋の中央付近の床の焦げ跡が特にひどい。本上はかがみ込み、入念に見ている。

「ガリウムはどの辺で発見された?」

本棚と掃き出し窓の間に数センチの隙間がある。伊月はそこを指さした。

「ここです」

「被害者がデスクで作業をしている状態だと後方の左隅になるわけか。被害者には気づきにくい場所ね。……事件当日、被害者はここでウェブミーティングを？」

「はい。直前まで会社の同僚と回線を繋《つな》いでいたことがわかっています」

「窓には落書き、か」

　本上はつぶやくと、しばらく黙った。どれくらいそうしていただろう。彼女は窓の外を見つめたまま微動だにしなくなった。

「あの、何か思いつくことでもありましたか」

　本上は静かに口を開いた。

「研究者は研究対象に対し、最初に仮説を立てる。様々な選択肢を想定し、緻密に論理を組み立てて検証していく。一見完璧に見える仮説を構築しても、それが空想の産物であることなんて日常茶飯事。あるはずのない幻影を追いかけていることも往々にしてある。報われない苦労もある。研究を続けるには不撓不屈《ふとうふくつ》の精神力が必要となる」言いながらゆっくりこちらを向いた。「だけど、対象が犯罪などの人間の作為によるものであれば、確実に解は存在し、たどり着く勝率は格段に高くなる」

　その鋭い視線に伊月は立ちすくんだ。

　本上は再び部屋の中央部に近づいた。

「床の焦げ跡から察するにかなりの火力ね。エタノールは少なくとも数リッターは必要か」

「被害者自ら会社からエタノール四リッターほどを持ち出したと証言を得ています」

「自分で被ったんだろうね」

「自殺ということでしょうか」

問いには返さず、本上は床の焦げ跡を見つめながら言った。「人間は行動に出るまでにいくつかのステップを踏む。認知、選択、判断、決心。そして焦燥は判断を誤らせる。……電池は？」

「え」

「電池がこの周辺に置かれていなかった？」

本上はガリウムが見つかった場所を指した。

伊月は戸惑いながらも答えた。

「ちょ、ちょうど本棚の前辺りに単三電池が落ちていました」

彼女は首を振った。

「落ちていたんじゃない。置かれていたのよ。ガリウムを使ったループゴールドバーグマシンの部品として」

薄い唇を引き伸ばして小さな笑みを湛《たた》えていた。ぞくっとするような美しさだった。

「ル、ループゴールド……？　なんですかそれ」

「ドミノ現象と言った方がいいかな。温度変化を利用した簡単な発火装置ね」

本上は人差し指を上に向けた。「火事の起点はカーテン下に設置した発火装置。装置といっても乾電池と手頃な電線の至極単純な回路なはず」

「乾電池の、回路？　でも電線なんてどこから」

「燃え尽きやすいガムの銀紙でも利用すればいい。それを電池のプラス側とマイナス側をつなげる程度の長さで中央部を細くなるよう切っておく。一端を電池のマイナス極に接するように下敷きにして電池を立て、もう一端の先にはプラス極にぎりぎり接しない程度にガリウムを付着させる。次に細くした銀紙の中央部にエタノールをたっぷり含ませた綿でも巻き付けておけば、発火の勢いを増幅させることができる。これで仕掛けはでき上がり」

伊月は言われたことを想像しながらメモをとった。

「ガリウムは微量で十分。ガリウムの融点は約三十度。成形しやすいように手の体温で軽く溶かしておけば簡単に銀紙の先端に取り付けられる。この時、細長く成形するのがポイントね」

本上の説明で伊月が想像する回路はとてもシンプルなものだった。これで本当に発火するのか疑問だ。

「回路はまだつながってない状態ですよね」

本上は頷く。「エアコンのスイッチを入れ、室温が上昇すると、ガリウムの体積は徐々に膨張し始める。その先には電池のプラス極。膨張したガリウムが電池に接し、回路がつながった瞬間、電気が流れ、銀紙の細い中央部は負荷に耐えきれず発火。その火力はエタノールで湿らせた綿により増大する。たとえば、回路の綿とカーテンとをエタノールで濡《ぬ》らした糸で結んでおけば糸を伝ってカーテンにも着火する。あるいは、被害者は窓の落書きを消す際、エタノール入りのスプレーを使用したとも考えられる。エタノールの引火点は二十度にも満たない。犯人により落書きを消すよう誘導され、事前に周辺のエタノール濃度を高くしていれば、狙って引火させることも可能かもしれない」

「た、確かにドミノ倒しみたいですね。エアコンを起点として発火を起こすなんて」

じとりと背中に冷たい汗を感じた。

「この発火装置のドミノの一番目はガリウム。これがちゃんと作動するかどうかで一連の動作が決定づけられる。犯人からすればこの一番目が倒れるのを待つだけ。発火装置の肝となる部分であり、全体として火元を証明するものになる」

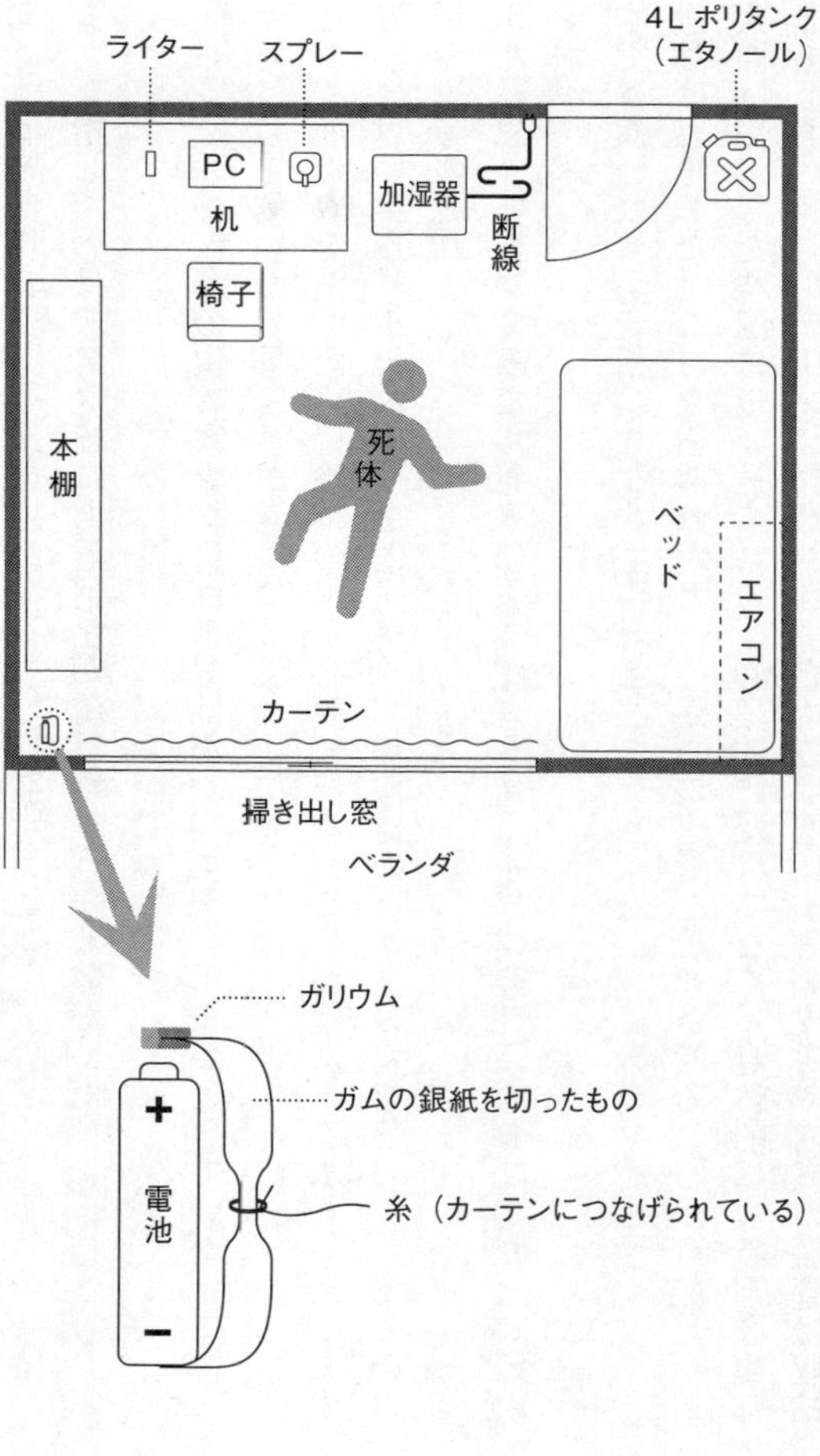

ライター
スプレー
4L ポリタンク
（エタノール）
PC
机
加湿器
断線
椅子
本棚
死体
ベッド
エアコン
カーテン
掃き出し窓
ベランダ
ガリウム
ガムの銀紙を切ったもの
電池
糸（カーテンにつなげられている）

「これで火がつくとして、焼死にはどのように至ったんでしょうか」

本上は事故当時の現場写真を見た。「これは加湿器だと言ったね」

彼女が指したのはデスク横にある何かが溶けたような残骸だった。

「そうです」

「恐らくその加湿器の中のタンクには水ではなく、エタノールが入っていた」

伊月は目を剝いた。「どうしてそんなことがわかるんです?」

「ぼや程度の火を消すために適量の水が必要になる。この部屋にある水といえばまず加湿器に思い至る。小規模の火を消すべく、加湿器のタンクの水を使おうとするのは通常の思考の流れよ」

「水だと思って被ってみたら犯人によってエタノールにすり替えられていたというわけですか」

本上は頷いた。「全身火だるまは不可避ね」

伊月は感嘆した。これなら離れたところから被害者を焼死させることが可能だ。

「人間は切迫した状況に追い込まれると心理的にだけでなく、身体的にも特別な生体反応を示す。アドレナリンが放出され、心拍数は増加する。皮膚や内臓の血管は収縮、筋肉への血液循環量は多くなり、運動機能は高まる。さらに脳の血液循環も活発化し、呼吸は深くなる。瞬時の判断力に長《た》ける一方で慎重な行動が難しくなる。動きが良くなる反面、確認不足によるミスが起こりやすい状況となる」

本上は滔々《とうとう》と話した。「安全工学を研究する上で、緊急事態における人間の行動特性というものは重要よ。人間の行動の信頼性にかかわる」

「犯人はそこまで計算していたのでしょうか」

「より確実性をあげるため、恐らく電話やウェブを使って相手を誘導したと考えるのが妥当ね」

伊月は本上の視線を受け止めた。

これができるのはやはり津田と最後まで通信していた宇山だ。

彼ならガリウムを会社から持ち出すことはできたはずだ。

事件解決へ大きく前進したことに伊月の気持ちは高ぶった。

「本上先生、ありがとうございました。これで事件は解決しそうです」

彼女は焦げた床を見つめていた。

伊月は加集と貝原にガリウムを使った発火装置について説明した。

「よくそんなことを考えついたもんだな。犯人も、あの女も」

加集が頬を掻いた。次いで彼は肩をすくめた。「この方法なら離れていても犯行は可能だな」

宇山は火災前日に津田宅に侵入し、窓への落書きと発火装置を仕掛けた。翌朝、ウェブで二人で話した時に、発火装置の発動とさらなる炎上を誘導した。

想定できる動機としては心血を注いだ技術開発のデータを売られたことによる怨嗟《えんさ》だ。

内容は捜査本部内で共有され、本部長は納得とともに声を発した。

「宇山を引っ張る」

任意同行することが決まった。

宇山は警察を目の前にしても驚いた様子はなく、うつむき加減の表情で素直に応じた。

調べの中で津田の部屋への不法侵入を認めたため、住居侵入で彼を逮捕した。

だが、宇山は津田殺害の犯行は否認する。

状況証拠がそろい、十分な動機がある現段階で苦しい言い分だった。あとはそれを裏付ける物的証拠があればいい。

間もなく、裁判所から捜索差押許可状が発付された。

家宅捜索のため、伊月は他の捜査員たちとともに北区にある宇山のマンションを訪れた。間取りは2DKらしく、一人暮らしには広めだが、津田のマンションと比べると築年数が経っているように見える。

玄関を開けると、薬品のような臭いが鼻腔《びこう》をついた。

入ってすぐの部屋を開けた時、その異様さにたじろいだ。

「なんだこれは……」

室内は見慣れぬ器具であふれ、先ほど感じた薬品臭が立ちこめていた。

およそ人が生活する空間とは思えなかった。

＊

豊島優慈が十七歳の時、通っていた公立高校の修学旅行がオーストラリアになった。それまで海外に興味はなかったが気分は高揚した。

夕食時にそのことを自慢げに話した。

「十一月でもオーストラリアはあったかいんだって。時差はほとんどないらしい。お土産《みやげ》いっぱい買ってくるよ」

まだ先のことなのに自然と饒舌《じょうぜつ》になっていた。

だが、父の秀一が飲みかけた味噌汁《みそしる》の手を止めた。

母の恵子は困ったような小さい笑みを浮かべている。

「どうしたの」

変な空気を感じ取って優慈は戸惑った。

「優慈、実はな」秀一が味噌汁を置いた。

「待って。わたしから話す」

恵子が制し、優慈に向き直った。「あのね、修学旅行なんだけど……行けないのよ」

「え」

一瞬、言葉に詰まった。

「あ、お金？　やっぱり相当高いんだ」少し考えて提案する。「じゃあアルバイトでもしようか」

眉をハの字にして恵子は首を振った。

「じゃあ、どうして」

すぐに恵子は話そうとしない。秀一はうつむいたままだ。

恵子はためらうように口を開いた。「パスポートがね、取れないの」

「どういう意味？」

「優慈には戸籍がないって前に教えたわよね」

「うん」

「パスポートの申請には戸籍が必要なの」

恵子の言葉が優慈の脳にゆっくり浸透していった。

これまで幾度となく役所に連れられて行ったことを思い出した。簡単に取れるものではないのだ。周囲の人間から不審がられ、変な目で見られながらも母は自分のために役所の人間と何度も交渉していた。

戸籍がない。ずいぶん前からそう言われてきたが、特にこれまで他の子と違《たが》わず不自由なく暮らしてきた。それなのに、ここへきてそんな問題が生じるとは思ってもみなかった。

「ごめんね」

恵子のその声は少し震えているように聞こえた。

夕食後、インターネットで調べてみると無戸籍者は確かにパスポートが取得できないということがわかった。

それだけではない。社会生活をおくる上で様々な障害がある。正社員として安定した職に就けるかも疑わしい。結婚にも問題がある。婚姻届に原則戸籍が必要だからだ。ネットの情報だ。当てになるもんか。そう思うものの、みるみる顔の温度が下がっていく。

でも、一体なんで自分は無戸籍なのだろう。

無戸籍になる理由を調べてみた。

いくつかの可能性がある。まず、両親が無戸籍だと子も無戸籍になるらしい。秀一や恵子が無戸籍だとは聞いたことがない。恐らくこれではない。

次に、婚姻中に、新たなパートナーとの間に子供ができた場合、その子供は婚姻中の夫の子となる。仮に離婚していても、その子供が離婚後三百日以内に生まれた場合は、血縁関係がなくても法律上、前の夫との子として扱われるらしい。その理不尽な法的理由に合意できず、子供の出生届を出さないケースが多いという。

直感としてこれではないかと優慈は思った。

恵子に秀一とは別の男性がいたなんて考えもしなかったが、そんなこと子供にわかるはずもない。

確かに法律はおかしい気がした。三百日という数字の根拠がないからだ。昔に作られた法律で、科学的根拠が薄い。出生届を出さない親の気持ちもわかる。

でも、犠牲になるのは自分たち子供だ。

不意に小学生時代にカズが自分を罵った言葉の数々が思い出された。

——戸籍がないと学校に行けないはずだろ。

——結婚もできないらしいぜ。一生独身なんて可哀想なやつだな。

——仕事だって一生バイトのままだってよ。

優慈は虚空《こくう》を見つめた。

今、なんのために学校に行っているのだろう。

成績は上位の部類といっていい。特に理数系が得意で、理系の職業に就きたいと思っていた。だけど無理かもしれない。

突如これまでの努力が無駄に思えた。

さらに思考は飛躍する。

将来性のないこんな自分と結婚してくれる人などいるのだろうか。いや、そもそも婚姻には戸籍がいる。

自分の意思とは無関係に、生涯派遣やアルバイト生活で独身のまま終わってしまうのか。それに、今は両親ともに健在だからいい。でも、二人がいなくなった時、自分名義での生活がおくれるのか。

優慈は言いようのない不安に包まれた。

――なんでおれだけ。

何も悪いことをしていないのに。

頬を涙が伝った。

部屋のドアを叩く音がした。

「入るぞ」

父の秀一だった。優慈は慌てて顔を右手の袖口で拭った。

「なんだよ、急に」

思わず乱暴に言ってしまった。すぐにパソコンの画面を切り替える。

「すまん。ちょっと話がしたくてな」

秀一は優慈の背後にあるベッドに腰掛けた。

優慈はパソコンに集中する振りをし、意味もなくキーボードを叩いた。

「昔な、父さんと母さんは大阪に住んでたんだ」ぽつりと、しみじみとした口調で秀一は告げた。

唐突な話に優慈は少し顔を向けた。「なに。なんの話?」

「まあ、そのままでいいから聞いてくれ。母さんはな、おれと一緒になる前、別の男性と結婚していた」

秀一は決して重くならず、普段通りの軽やかさで、まさに優慈が今知りたかったことを話そうとしているのだと感じ取った。

「……うん」

優慈は再びパソコンに向かい、話を聞いた。

「その男性は母さんにひどい暴力を振るっていたらしくてな。何度も離婚しようとしたが受け入れてもらえず、母さんは逃げ出した。母さんみたいな女性を助けてくれる相談所があるんだが、そこに母さんは助けてもらったんだ。住み込みの仕事を斡旋してもらい、しばらくしてそこで父さんと出会った。やがて一緒に住むことになり、子供ができた。それがお前だ」

懐かしむような優しい声色だった。

優慈は机に視線を落としながら聞き入った。

「優慈という名前には意味がある。おれの秀一からは優秀という言葉を。母さんの恵子からは恵み深いという意味の慈しみを。優秀に育ち、人を大切にする心を持ってほしいという意味を込めた。いい名だろ？　名は体を表すとはよく言ったもんだ」

秀一の穏やかな笑いが響いた。

「なんだそれ」

気恥ずかしくなり、つい素っ気ない言葉になった。

「だけど、平穏は長くは続かなかった。おれが仕事で出かけている時、母さんの前のだんなが家を訪れた。前のだんなといっても正式に離婚ができていなかったから表現は間違っているんだろう。まあ、そんなことはいい。彼は興信所を使って追ってきたらしい。生まれて間もないお前を背負った母さんは驚いた。一方の彼は怒り狂い、ずかずかと部屋に押し入り、その場にあった包丁をお前めがけて投げた。すんでのところで避けたが、それでもお前の右腕をかすめた。その時の傷は今も残っているはずだ」

右腕を見た。肘《ひじ》近くまで伸びる十センチほどの大きな傷が残っている。

「母さんは命からがら逃げ出した。おれと合流し、おれが東京に仕事のつてがあったことから三人で東京に引っ越したんだ。もう大阪にはいられない。お前を殺そうとした男がいつまたやってくるかわからないからな」

「警察には言わなかったの」

「言ったさ。でも警察にも限界がある。赤ん坊のお前に包丁を投げるやつだ。もし、なりふり構わず襲ってきたらと思うと気が気じゃなかった」秀一は息を荒くした。「警察にはもう頼れなかった。何かあってからじゃ遅いんだ。だからおれたちは大阪を出た。父さんの親はとっくに他界していたから未練もなかったしな。……優慈には本当に申し訳なく思ってる。戸籍が取れなかったのはおれたちのせいだ。恨まれても仕方がない。すまない」

振り向くと秀一が頭を下げていた。

「……もう、いいよ。わかった」

父も母も悪くない。

小さい頃の思い出は母に連れられて行った役所ばかりだが、すべては自分のためだ。そのために父と母は多くの時間とお金を費やした。

これまで普通に暮らしてこられたのはひとえにそんな両親の献身があったればこそだろう。

やはり、感謝しかない。

秀一は「ありがとう」と立ち上がり、ぽんと優慈の肩に手を置いた。

「今はまだ無理だけど」秀一が顔を寄せた。「いつか、きっとパスポートを取れる日がくる。その時のために前から貯金をしている。お前が行きたい国があるならどこでも好きなところに行ってこい。なんなら一年くらい留学してきてもいい」

秀一は優慈の肩を小さく揺らして部屋を出て行った。

優慈の視界が滲んだ。

先ほどとは明らかに違う温かい感情が溢れた。

夏の暑い日、両親はある決断をした。

恵子と今も婚姻関係にある男、つまり法律上の夫と連絡を取り、離婚調停をするということだった。

しばらくして、事態は予想外の展開を見せた。

弁護士に依頼して恵子の夫の戸籍謄本を取り寄せるとその男は最近になって死亡していたことがわかった。

夫死亡により、恵子の逃亡生活はあっけなく終了した。これで恵子は難なく、豊島秀一との婚姻届を出すことで新しい戸籍を作ることができる。そうなれば夫である秀一に対して、優慈の認知調停などの法的手続きを取ることができるようになり、優慈にも豊島姓の戸籍ができる。

優慈は舞い上がった。

これで海外に行ける。いや、それだけじゃない。就職や結婚も普通にできる。

自分の努力次第で可能性はどこまでも広がっていく。

これほど希望に満ち足りた瞬間はなかった。気持ちが込み上げ、全力で駆け出したい衝動に駆られた。

その日、秀一と恵子は役所に行くことになっていた。恵子が豊島姓になることの手続きのためだ。

恵子は優慈の出生証明書をいつも大事に持っていた。取るべき手続きが多いため、今日すぐには必要ないかもしれない。だけど、

「やっとこれを出す日がきたわ」

うれしそうだった。

車の助手席から恵子が顔を出す。「留守番お願いね。今日の夜はすき焼きにするから」

長年の苦労が報われたかのように、その表情はすっきりしている。

優慈は二人を玄関で見送り、すぐに勉強を始めた。まずは大学だ。

可能性を広げるには難関校に合格して専門性を高め、見聞を広めることが大事だ。成績はもとより上位にある。得意の化学を伸ばし、理系に進んで将来は研究者か技術者の仕事に就こう。優慈は奮い立った。

気づけば日が暮れかけていた。

ずっと勉強していた優慈は、肩を揉《も》みほぐし伸びをした。

まだ二人は帰っていないようだ。スーパーでよほど食材を買い込んでいるのかとほくそ笑む。

完全に日が暮れても戻ってこず、さすがに心配になり携帯電話にかけてみた。

二人とも出ない。

少しして家の固定電話が鳴り、静寂を切り裂く呼び出し音が不気味に響く。

『こちら東京医療総合病院の者です。豊島さんのお宅でしょうか』

病院。胸騒ぎがした。

『落ち着いて聞いてください。今日の午後三時十分頃、喜多江《きたえ》センター前交差点付近で飲酒運転による衝突事故が起きました。豊島秀一さんと恵子さんはそれに巻き込まれ、お二方とも当院に緊急搬送されました。当方最大限尽くしましたが大変残念ながらつい先ほど、お二方とも、死亡が確認されました――』

――え。

突如として視界は暗闇に覆われた。

前触れもなく、地面が消失したような浮遊感。

『もしもし、聞こえていますか。これから当院に――』

親しくしていた近所の人や秀一の会社の人たちが様々な手配をしてくれた。優慈はただその様子を見ているだけだった。

何人かの大人が声をかけてくれたが、あまり内容は覚えていない。涙はとっくに涸《か》れ果て、頭は考えることをやめた。

住み慣れたはずの家がひどく広く思えた。たまらない寂寥《せきりょう》感だけが残った。

葬儀が終わった後、遺骨をどうするか戸惑った。うちには墓がない。法的にはずっと家に置いていても問題はないらしい。両親と離れたくない思いがある一方、納骨してあげたい思いもある。

葬儀屋の担当者から納骨堂に安置する手段があると聞いた。そのまま納骨してもいいし、墓を購入するまで一時的に遺骨を預かってくれることもできるそうだ。場所によってやり方は異なるが、一定期間個別で安置後、合祀《ごうし》といって他人の遺骨とまとめて埋葬されるらしい。

今はお金もないし考える余裕がない。とりあえず自宅保管することにした。

両親の死亡届を出しに役所に行った。届出人である自分の本籍を記入する欄があった。どう書けばいいかわからない。

いつも母がやり取りしていた窓口で訊いてみた。

担当の男性が残念そうに言った。

「今回のことは大変ご愁傷様でした」

「……はい。あの、ここの部分何を書けばいいのかわからなくて。僕は戸籍がないので」

「少々お待ちください」

男性は奥に消えた。

長く待たされ、ようやく男性が戻ってきた。

「お待たせしました。豊島優慈さん、今後についてお話ししたいことがあります」

優慈は首を傾げた。

「その前に、ご両親との関係を証明するものは何か持っていますか」

思いつかず悩んでいると、

「確か、出生証明書を恵子さんはお持ちだったかと思うのですが」

「それは事故で一緒に燃えてしまいました」

男性は一瞬絶句したように目を見張った。

やがて沈痛な表情で男性は言った。「わかりました。頼れる親戚の方はいませんか」

どうやら未成年の独り身になった優慈の今後の生活を心配しているらしい。

「いません」

親戚のことは聞いたことがない。それもそのはずで、両親は東京に夜逃げ同然で出てきた身だ。いたとしても親戚関係とは疎遠になっているはずだ。

担当者は嘆息した。

「そうですか……」死亡届に視線を落とす。

「大丈夫です。来年には十八になりますし、一人で生活できます」

「しかし」

「両親が僕のために残してくれた貯金もありますし、問題ありません。高校を中退して働いている人だって世の中にはいっぱいいるでしょ」

優慈は気丈に振る舞った。

高校を辞める。もう覚悟はできていた。アルバイトを始めれば自分が生きていくだけのお金くらいは稼げるはずだ。それに、以前秀一が海外渡航費にと貯《た》めてくれている分もある。生命保険とかもあるんじゃないか。そうだ、父の会社からだってお金が出るようなことを聞いたことがある。

だが、担当者は首を振り、憐《あわ》れむように告げた。

「君には戸籍がありません。法律的には存在しない人間です。……だからご両親の遺産は相続できない」

五章

宇山の部屋に入ると、捜査員の全員が驚いた様子だった。

２ＤＫの間取りは、玄関を左手に進むとダイニングキッチンと隣室が見渡せた。壁に接している実験台らしき作業テーブルには液体の入った小瓶がいくつも置かれており、ガラス製の器具が散乱している。小瓶には手書きで試作番号らしき数字が記載されている。

実験台の隣には何をするためのものかよくわからない機器が古びた状態で陳列されていて、奥の部屋には薬品棚まである。

生活感がまるでなく、伊月はどことなく理科室の雰囲気を感じ取った。

玄関右手の部屋を寝室として使用しているようで、唯一生活空間らしい様相だった。キッチンには食器と実験用のガラス器具が混在していた。ここで器具の洗浄もしていたようだ。古いタイプの小型湯沸かし器が目に付き、眺めていると、

「化学実験をしていたようですね」捜査員の一人が声を出した。彼は機器を指さした。

「これはマグネチックスターラー、液体をかき混ぜるものだったと思います。ここに

置いてあるということは恐らく熱湯もよく使用していたのでしょう。化学反応は高温下で反応速度を上げることができますから。こっちは有機溶剤を減圧して蒸発させるための機器ですね。確か、エバポレーターと呼ばれるものです」その駆動部分をのぞき込む。「だいぶ古いですね。少し錆《さ》び付いてる」

「詳しいですね」

「理系の学部を出ているもので」彼は少し照れた様子だった。

機器は宇山の部下である志々木の証言通り、会社で古くなったものを拝借していたのだろう。

「この薬品棚、ご丁寧に鍵つきですね」戸が開かないことを確認し、窓をのぞき込む。

「水酸化ナトリウムにアミン系化合物、こっちはアンモニアか。どれも劇物です。一体、宇山はなんの実験をしていたのでしょうか」

彼の問いに伊月は答えた。「CNF、だと思います」

理系捜査員が伊月の顔を見て首を傾げた。

「宇山が会社で研究していたテーマです。彼はこれで特許を取るつもりでした。在宅ワークが推進され、思うように実験ができなくなって、きっと自分の部屋を改造したんだと思います」

実験台にあったノートを一冊手に取り、ぱらぱらめくった。「実験量も相当なもんです」理系捜査員は納得したように頷いた。

「津田を殺した証拠がないか探しましょう」

捜査員たちはそれぞれ家宅捜索を開始した。


署に戻り、伊月は貝原に家宅捜索の詳細を報告した。

「残念ながらガリウムは発見できませんでした。ノートパソコンや実験ノートは犯行を示唆する記録があるかもしれないと押収しましたが、他にめぼしいものはありません。押収物については現在、科捜研で分析依頼中です」

「部屋を実験室に、か。発火装置の証拠が見つかれば言い逃れはできないのだろうが」

控えめな口調に引っかかりを覚えた。

「宇山は犯行をまだ認めてないんですか」

「津田宅への住居侵入こそ認めているが、会社の機密情報漏洩の証拠を探すためだったとして、殺人などしていないの一点張りだ」貝原は顔を歪めた。

「発火装置についてはなんと言ってるんですか」

「そんなものは知らないとさ」

翌日、宇山の取り調べの時、伊月は隣室でその様子を見学した。

住居侵入の罪で勾留決定がされているため、殺人罪での取り調べはできない。従って住居侵入の動機や意図を確認する中で、殺人罪を立証できる材料を探せるかが重要となってくる。

宇山は頬がこけ、ややくたびれた感じがした。伸びた無精ひげがさらに疲労の色を強めている。

担当の取調官は久我《くが》という理論派で知られる切れ者だ。

「津田はいくつも特許を取得していました。そのことは把握していましたね」

宇山は声もなく頷いた。

「彼は技術者として優れていたとあなたは認識していましたか」

また彼は頷いた。

「しかし、津田の特許はどれもが信頼性の疑わしいものばかりで、捏造データを使って出願していたことが若手の川野さんによって明らかとなりました」

これには反応があり、宇山は大きく目を見開いた。

「なんですって」しわがれた声を出した。

この反応に演技めいたものは感じない。心底驚いている。

「津田の特許が実現不可能なものばかりだったことは知らなかったのですか」

「……今、初めて知りました」

宇山は視線を落とし、呆然《ぼうぜん》としているようだった。

「津田は闇ブローカーからアプローチがあり、自分の特許に関する技術データを流出していました。しかし、そのどれもが捏造されたものであったため、相手方から反感を買ったようです。その際に暴行を受けた。窮地に陥った津田はあなたの技術データを売った。そこまでは捜査で明らかとなっています。あなたは自分の技術データが売られたことを知っていたのではないですか？　だから津田を恨んでいた」

宇山はうつむいたまましばらく沈黙した。めまぐるしく何かを考えているように見えた。

津田が捏造でいくつもの特許を出願していたことは宇山も知らなかった。果たしてこの事実が宇山にどういう揺さぶりをかけるのか。

沈黙していた宇山が突如何かを発し、震えだした。

「あんなやつに振り回されていたのか」

彼は涙ぐみながら自嘲したように口角を上げていた。両目のまぶたを右手親指と中指で押さえた。

久我は辛抱強く宇山の言葉を待った。

うつろな目で宇山は咳払《せきばら》いし、静かに話し始めた。「偶然でした」

何が偶然なのか。みんな固唾《かたず》を呑んで、彼の続く言葉を待った。

「実験室から事務室のデスクに戻った時です。津田が離席中、彼のパソコン画面を偶然見たんです」

「何を見たのですか」

「何かを受け取ったことに対するお礼のメールです。知らない業者からビジネスがどうのと記載されていたので最初は副業でもしているのかと思いました。気になって調べてみるといかがわしい仲介屋でした。すぐに思い至りました。彼は会社の技術をどこかに漏洩したのだと。……愕然《がくぜん》としました」宇山の目は充血していた。「では何を漏洩したのか。真っ先に思いつきました。あいつは自分の技術だけでなく、わたしが出願しようとしていた技術まで売ったんです。タイミング的にそれしかあり得ない。脱力感の後、これまで感じたこともない激しい怒りに打ち震えました」

「どういう行動に出たのですか」

「証拠を掴むため、彼が離席中にメールやデスクにあったUSBの中身などを確認しました。でも、ありませんでした。なので、津田の家に忍び込みました」

「鍵はどうしましたか」

「工場やそこに併設される研究所勤務の者は出社後、作業着に着替えます。そのためのロッカーは人によっては鍵をかけない者もいる。鍵をかける者でもずっと鍵を肌身離さず持っているわけではなく、デスクの引き出し等に貴重品とともに仕舞っているのが実情です。かがんだ拍子で貴重品が製品に混入してしまうのを防ぐため、作業服のポケットに貴重品等は入れないよう指示されています」

　会社内で盗難など起きないだろうという意識からセキュリティ意識は甘いらしい。

津田も自分のデスクの引き出しに貴重品を入れていた。

　宇山は津田の自宅の鍵を盗み、津田が会社にいる間に侵入した。工場から出る時は防犯カメラに映らないように気をつけたという。

　宇山は津田の１ＬＤＫの部屋を見渡した。

　部屋には掃き出し窓を背にパソコンの置いてあるデスクと椅子。デスク上にはエアコンのリモコン。デスク横には加湿器。床にはエタノールの入ったポリタンクがあった。

「ポリタンクは見覚えがあったのですぐに会社からくすねたものだとわかりました」

「デスクの上にライターはありませんでしたか」

「ライター？　いえ覚えていませんが」

「結構です」

宇山は津田がチャイネスに売ったとする証拠を探すが結局見つけ出せなかったと言った。腹いせにデスク後ろの窓に落書きをした。

『すべて知っているからな』と。

「警察に突き出してやるつもりでしたが、証拠がないと津田がしらばっくれる可能性がある。だから脅しの意味も込めて落書きしたんです。そこから技術漏洩の尻尾《しっぽ》を摑めればと思いました」

「それだけですか」

宇山は困惑したように瞬きをした。

「エタノールに気づいたあなたは何か考えつきませんでしたか」

宇山は首を振った。「いや、何も。わたしがしたのは落書きだけです。落書きをした後は会社に戻り、津田が会議に出ていたのを確認し、鍵を戻したんです」

「具体的にどのようにして証拠を得るつもりだったのですか」

「精神的に弱らせれば、上司であるわたしに打ち明けてくれるものと考えていました。以前から相談があればいつでも乗ると言い聞かせていましたから」

「落書きだけで脅せますかね」

「……どういう意味ですか」

「少し実害を与えた方が効果的と思う者もいるようです。たとえばぼや程度でおさまるように火をつけるとか。しかし思いのほか火が強くなりすぎてしまった」

「違います。落書き以外はわたしではありません。信じてください」宇山は身を乗り出した。「確かに殺してやりたいほど腹が立ったのは事実です。しかし、実際に殺してなんていない」

「なぜ、最初に担当の刑事が聞き取りをした時、あなたはこのことを話さなかったのですか」

宇山は苦い表情をした。「変な疑いがかけられるんじゃないかと思ったからです。津田が焼け死んだと聞いた時はきっと不幸な事故か自殺だと本当に思っていました。わたしが津田の部屋に入ったことと、津田が死んだことは何も関係がないのですから」

「関係があるかないかを判断するのはあなたではありません」ピシャリとはねつけた。

宇山は顔を歪ませた。「はい」

久我は宇山をねめつけるように観察している。

やがて宇山ははっとしたような表情で顔をあげた。

「そうだ。あの時、津田の部屋で物音がしたんです。一瞬、彼が帰宅したのかと思い、身構えたのを覚えています。慎重に玄関まで戻りましたが誰もいませんでした。でも、怖くなったので落書きをした後はすぐに会社に戻りました」

津田と宇山以外の第三者の存在をほのめかしているようだ。タイミングが微妙だった。久我の追撃を逸らすため、無理矢理言ったようにも見受けられる。

「なぜ今になってそのことを？」久我の反応も冷ややかだ。

「なぜと言われても……思い出したんだから仕方ないでしょうっ」口角泡を飛ばした。

あくまで理路整然と尋ねる久我の問い方に苛立ったのか、宇山は感情的だった。

宇山の無実の主張に対し、久我は信じられないとでもいうように肩をすくめた。

「家宅捜索で、あなたの部屋について報告を受けています。実験室に改造していたのは間違いありませんか」

「……ええ」宇山の目が泳いだ。

「なぜ、自宅を実験室に？　報告によれば危険物や毒劇物も持ち込んでいたようですが」

「在宅ワークで遅れ気味だった研究をカバーするためです。自宅でも仕事の続きをしていました。わたしたち技術屋は実験を進めることが仕事ですから」

「だとしても自宅を改造するなんて聞いたことがありません。たとえば残業したり、上司に相談して他部署から人員を補強するなどいくらでも手はあったのでは？」

　恐らく、久我は宇山の殺意の程度を明らかにしようとしている。そのために、どれほど宇山が研究に思い入れがあったかを話させているのだ。同時に細かい状況を話させることで、犯人しか知りえない秘密の暴露を狙っている。

「残業はやっておりました。部下の川野や志々木たちも本当によくやってくれました。夜遅くまで残り、手を動かし、知恵を絞り、在宅ワーク時でも文献を読み漁り、様々な情報からアプローチを考えてくれました。課の長として彼らに応えたかった。しかし結局実験データを積まないことには出願ができない。だから自宅を改造し、少しでも早く特許化できるよう進めていたんだ」

　宇山は熱弁をふるって返した。

「それだけ熱意があったにもかかわらず、津田にその技術を売られてしまった。あなたの怒りは察するに余りあります」

　宇山は顔をしかめた。

「た、確かにその通りだが、部屋に入って落書きをしただけです」

　取り調べは続いた。

宇山はその後も、殺人については断固否定した。

ガリウムはケミカルフロンティアの半導体事業を扱う部署に保管されていることがわかった。津田が以前在籍していた職場だった。

一方、宇山の技術を買ったチャイネスから、そんな事実はないとの回答があった。予想通りではあった。中国当局に打診することになっているが、これも期待できないだろう。

捜査は停滞した。

伊月は経過報告のため、帝都工業大学に足を運んだ。

「彼は犯人ではないかもしれません」

容疑者である男について伊月は話した。

本上は事務机に座りパソコンを操作している。横には分厚い本が置かれていた。

伊月の落胆とは裏腹に彼女は視線も向けず、からりと言った。

「そう」

あまりの反応の薄さに少しむっとする。

「そうって先生があのトリックを教えてくれたから容疑者逮捕に結びついたんですよ」

本上は鋭い視線を向けてきた。

「勘違いしないで。わたしは可能性の高いトリックを明らかにしただけで犯人を明らかにしたわけじゃない」

やがて一段落したのか、本上はキーボードから手を離した。「で、その男はどのような人物なの」

伊月は宇山について話した。

「なるほど。自分の部屋を実験室に改造するほど仕事に心血を注いでいた。単に未知の領域を開拓したいという自己完結型の好奇心だけではなく、特許を出願し、自分やチームの成果を公表することで承認を得たいという強い気持ちがあった」

「本心に見えました」

「つまり、自分というかけがえのなさを認めてもらいたいという承認欲求ね。これは誰しも存在する。承認欲求は自分の存在証明と言い換えてもいい」本上は眼鏡を取り、レンズを拭いた。「殺害動機としてはあり得るだろうけど、殺害方法に不正の証拠も消えてしまう放火を選ぶのは違和感があるわ。放火こそが犯人にとって最善だったはず」

確かに。今回のような発火装置を工作する入念なやり方は、自分の痕跡を残さないことを最優先に、すべてを焼き尽くしてしまいたい犯人の思いが透けて見える。

「でも、エタノールが身近にあったことから単純に放火にしたとは考えられないですか」

「もちろんエタノールの存在は無視できない。でもあのトリックを考える人間ならきっと計算高いはず。今回のトリックを考える人間には適合しにくいわ。きっと計算高い人物なはず。もし殺害が未遂に終わった場合、発火装置などの工作から犯人特定の可能性が高まる。犯行は一発必中であらねばならない。だから、犯人は近くで現場を見ていた可能性が高い。であるならば、犯人の行動には一貫性があり、己に下した極めてシンプルな至上命令が背景にある」

「なんですか、それは」

射貫《いぬ》くような眼差《まなざ》しがこちらを向いた。

「被害者を何がなんでも殺さなければいけないということ」

「勝手に行ったのか。威勢がいいじゃないか」

署に戻り、伊月は本上と話したことを加集に伝えると苦言を呈《てい》された。

「黙って行ってすみません」頭を下げて訊いた。「津田を何がなんでも殺さなければいけない理由ってなんでしょうか」

思案した後、加集は口を開いた。

「要は津田が生きていることで何かしらの重大な不利益を被る状況だろう。漠然としているが、的を射ている気がするな」

「宇山が話していた、津田の部屋にいたもう一人の人物についてはどう思います？本当にいるんですかね」

「さあな」

加集は頰杖《ほおづえ》をついた。

宇山の言葉をまるっきり信用していないわけでもない。仮にそういう人物がいたとしたら、その人物こそが真犯人ということになるだろう。

「以前、宇山が津田には恋人がいると言っていました。しかし、今のところ該当者は見つかっていません」

「他の同僚たちからの聞き取りでも津田に彼女がいるというのは噂の域を出ない。津田は同僚たちに対して強がりを言ってたんじゃないか。そうでなければ、恋人が死んでいるのに名乗り出ないのはおかしい」頬杖を解いた。「一度リセットして洗うか」

「ガリウムが使われている以上、ケミカルフロンティアの人間が怪しいですもんね」

「いや、そうとも言い切れない。ガリウムについて調べてみたんだが、あれはマジックでも使われる代物らしい。スプーン曲げってあるだろ？」

「あの、こすって曲げるやつですか」

親指と人差し指でスプーンの細い部分をこする仕草をした。

「そう。あれはスプーン自体がガリウムでできているんだ。だから指の摩擦で簡単に曲がるというわけだ。スプーンは普通、ステレンスの銀色をしているがガリウムも同じ色をしている。見分けはつかない」

へえ、と思った。「でもそんなのどこに売ってるんですか」

「インターネットでも買えるようだ」

思わず苦笑した。「世の中、便利になりましたね」

「こっちにしたら迷惑な話だ」加集はつまらなさそうに後頭部を掻いた。「だとしても、ケミカルフロンティアの人間の容疑が外れたわけじゃない」

伊月と加集は犯人が宇山ではない可能性を追求すべく、宇山以外に津田の家にいた人物に心当たりはないか、再び津田の同僚たちに話を訊くことになった。

「聞き込みはお前が主導でいけ。気になる点があればおれが随時訊く」

「わかりました」伊月は頷く。加集からの教育ということだろう。

まずは宇山の上司である部長の新谷。彼の家は板橋区にある閑静な住宅街にあった。

インターホンを押すと上品な口調の女性の声がした。

玄関から出てきたのはやはり品の良さそうな中年女性だった。

「新谷卓さんはいらっしゃいますか」

やや戸惑う表情を見せたものの、彼女は玄関を出て、庭先に声をかけた。

新谷が顔を出した。庭で作業をしていたらしく、作業着を着ている。

「ああ、これはどうも。いかがいたしましたか」

「何度も申し訳ありません。津田さんについてもう一度お話を聞かせていただけないかと思いまして」

新谷は「ええ、もちろん構いませんよ」と微笑した。

居間に通され、十分ほどして新谷が現れた。

「すみません。家庭菜園が趣味でして」

「こちらこそ急におしかけたりしてすみませんでした」

伊月は津田の交友関係について尋ねてみた。

「いやあ、若い人のことは疎いもので。特にこのような世の中でしょう？　飲みニケーションみたいなものも控えておりますし、いかんせんプライベートなところを若い人たちは話したがらないですからね。こちらから無理に聞くとパワハラやらなんやらと言われかねない。腹を割った話というのがずいぶん減ったように思います。何を考え、どういう嗜好《しこう》の持ち主かなんてのは働きぶりからしかわからなくなってしまいましたね」

昔に比べ、人と人の心理的距離が遠くなったと新谷は語った。

「仕事面での彼はいかにも淡泊というか、仕事とプライベートを完全に切り分けているように見受けました。あまり残業もしなかったですね」

「そういった働き方は職場の他のみなさんに共通していることでしょうか」

「いいえ。わたしどもの会社、とりわけ技術職という仕事は年単位でテーマに取り組んでいくものが多いですから日々の切り替えは個人の裁量に任せています。与えられたテーマに愚直に取り組み、納得ができるまで実験を続ける者も当然おります。宇山くんや川野くん、志々木くんなどはそういった傾向にありました。その分、プライベートが犠牲になり家庭を顧みなくなるので褒められたものかどうかはわかりませんが」

「津田さんはあまりのめり込むタイプではなかったということですか」

「どちらかというと理論派でした。なるべく無駄を省き、最小限の労力で最大の結果を得るようなタイプという認識でした。それも他の部下たちからするとどうも違ったようですが。わたしは部下の管理もできない至らない上司というわけです」

新谷は苦笑した。

今回の件を契機に部下たちにヒアリングをしたらしかった。これまで見えていなかった津田の素性がわかり、自らの管理不足を嘆くことになったという。

「比較的自由な職場だとお見受けしますが、火災前日、宇山さんが職場を離れていたことは認識していましたか」

「いいえ。わたしはその日、午前中からずっと会議で、午後は事務作業をしていましたが、三時からまた会議でした。その後は営業とともにお客さんのところへ出張でしたので部下たちが何をしていたかははっきり把握していません」新谷はばつの悪そうな顔をした。

つまり技術部内の人間は上司の監督下にはなかったということだ。会議に出席していた者や営業の名前を控えさせてもらった。

伊月がメモをとっていると新谷の視線がこちらを向いているのに気づいた。

「なんでしょう?」

「いや、その……宇山くんは大丈夫なのでしょうか。やはりこの事件に関わっていたんですか」

おずおずと訊いてきた。

「申し訳ございません。まだなんとも申し上げられません」

「そうですか。もっと彼に寄り添ってあげればよかった。上司として慚愧《ざんき》の至りです」

新谷は宇山たちの技術がチャイネスに特許化されてしまった時、リカバリーできないかあらゆる方法を考えたという。

「このままでは技術者として再起できないのではないかとさえ思いましたから。管理職は部下のメンタルの部分もケアしてやらなければならない。難しい時代になったものです」

次に宇山の部下である川野の自宅を訪問した。

川野のマンションは新谷と同じく板橋区にある。大通りに面した新築のマンションだった。広いエントランスの待合スペースで待っていると川野が現れた。

「すみません。こちらでも大丈夫ですか？　子供がまだ小さくて部屋は話ができる状態じゃないもので」

困った表情は子供の世話に苦労する父親の顔だった。

「もちろんです。お忙しいところ申し訳ありません」伊月は微笑した。

川野はこちらが質問するより先に、口火を切った。

「宇山さんは、どうなったんでしょうか」

「現在捜査中につき、お答えできかねます。申し訳ございません」

「……そうですか」

宇山のことをとても気にかけているようだ。まずは宇山のことから訊く。

「部下として宇山さんをどう思っていましたか」

かなり抽象的な表現だったが、川野は答えてくれた。

「あまりマネジメントの上手い人ではありませんでした」苦笑しながら言った。「でも、研究に対しては真摯《しんし》に取り組んでおられました。新しい発見があると子供のように興奮するんです。部下としては放っておけないというか、憎めない上司でした。粘り強さと努力で地位を築くタイプですかね」

「仕事上の関係は良好だったんですね。プライベートでの交流はありませんでしたか」

「うーん。以前は仕事終わりに飲みに行くこともありましたけど最近はないですね。僕の家は子供が去年生まれて、志々木のとこはお父さんの介護がありますし」

なるほど。それでは仕事帰りに飲みに行くこともままならないだろう。

「でも仲は良いですよ。一ヶ月ほど前、志々木が高熱を出した時があったんです。病院に行くとはしかと診断されたようです。彼の家は、お父さんが自宅で療養中ですので、宇山さんが食品類を買って志々木の家に届けました。僕が行きますと申し出たんですが、万一のことがあるかもしれないと僕の子供のことを気遣ってくれて。僕、はしかの予防接種受けてたんですけどね」

やや意外というか、宇山の新たな一面を知った。仕事一筋なわけではなく、部下思いの上司だったことが窺える。

「人望はあったということですね」加集が訊いた。

「ええ」

加集はさらに踏み込んでいく。

「やはり他社に技術漏洩した津田さんを許せないと思いますか」

「まあそうですね。僕や志々木も宇山さんについていった口ですから。三人の一体感みたいなものが確かにありました。それを台無しにしたのだから津田さんのことは決して許されるものではありません。特に宇山さんは怒って当然だと思います。会社からも期待され、プレッシャーもあったはずですし」

「死んでも当然だと？」

「そういうわけではありませんが……」

加集は納得したように頷いてみせた。

火災前日から当日にかけて、川野は子供の入院に付き添ってずっと病院にいたことがわかっている。普段の従業員の業務状況について訊いてみた。

「わりと個人プレイが多い職種と聞いていますが、宇山さんが不在になったことを他の方は認識していたかどうかわかりますか」

「いやあ、どうですかね。上司や同僚がその場にいないなんてのは日常茶飯事ですから。ごらんになったかと思いますが、事業所は広く、誰が事業所の中のどの棟にいるかなんて用がない限り普通は把握してません」

「では他の誰かがいなくなっても気にはならないということですね」

「そうだと思います」

「津田さんについて、プライベートな面など思い出したことはありませんか」

「そうですねえ。残業はあまりせず、早く退社してアフターファイブを充実させるタイプには見えました。仕事終わりはよく飲み歩いていたみたいです」

「どういった場所に行っていたかご存じですか」

「さあ」と川野は視線を上に向けると。「ああ、津田さんの行きつけのクラブなら多分わかります。そこに目当ての女性がいるらしく、以前、『お前もひいきに頼むよ』と名刺を半ば強引に渡されましたから」

川野は一度部屋に戻り、名刺を取ってきてくれた。

「ありました。これです」

差し出された名刺にはナイトキャンディという店名に『ママ　サユリ』と書かれている。五反田《ごたんだ》にあるようだ。

「この名刺、お借りしても？」

「差し上げますよ」

川野に礼を言って伊月たちはその場を辞去した。

次に向かったのは浜中の自宅だ。彼のマンションも板橋区内にあった。

津田が焼死した日の朝、浜中も津田同様、自宅からウェブミーティングに出ていたことがわかっている。

「なんでしょうか」

ドアを開けて出てきた彼は気まずそうな表情だった。彼は独身で一人暮らしをしている。

「津田さんについてもう一度お伺いしたいと思いまして」

げんなりした様子で彼は口にした。「またですか。前にお話しした以上のことはわかりませんよ」

加集が口を開いた。「津田さんと飲みに行ったことくらいあったんじゃないですか」

「そりゃ、まあ、何度かは」

「ナイトキャンディという店ですか」

「そんなふうな名前でしたね。でも特に変わったことはないですよ」

もうあまり関わりたくないというのが態度でみてとれる。

「では宇山さんについてはどうですか。彼の人となりや、最近変わった言動があったら教えてください」伊月が訊いた。

「宇山さんは確かに上司ですが、主に津田さんが僕のことを管理していたのであまり結びつきはないです。それこそ川野や志々木に訊いたらどうです?」

「みなさんに訊いてまわってるんですよ」

浜中はため息をつく。「実験にこだわりがある人でしたよ。そこは津田さんと違って。もういいですか」

「最後に、津田さんが亡くなった日の前日、午後二時から三時半の間は何をされていましたか」

浜中は思い出す素振りを見せた。「午後一時半から来客対応していましたね。今開発中の案件で採用しようとしている材料のメーカーの営業と打合せをしていました。その後は四時からつきっきりの測定を予約していたので、それまでメーカーからもらった資料を事務室で読んでいました」

「事務室にはどなたかいらっしゃいましたか」

「さあ。志々木がいたような気がしますけど」やや自信のない口調だ。「まさか僕が疑われているんですか」

「いえ、みなさんに訊いてまわっています。ありがとうございました」

江戸川《えどがわ》区にある志々木の家は戸建ての木造二階建てだった。

「かなり古そうだな。四十年くらいいってるかもしれん」加集は家を眺めて言った。

インターホンを鳴らすとドアが開き、中年女性が出てきた。

「どちら様でしょうか」

伊月が名乗ると女性はとても驚いた表情をした。

「あの、志々木さんが何か」

その口調から志々木の母親ではないようだ。

「いえ、少しお訊ねしたいことがありまして。失礼ですが、どういったご関係の方でしょうか」

「ヘルパーです。西京《さいきょう》といいます」

彼女はまだ若干おどおどした様子で小さく頭を下げた。

「志々木文哉さんはご在宅ではありませんか」

「買い物に行っておりますが」

タイミングが悪かったようだ。一旦辞去し、どこかで時間を潰そうと少し歩いたところで、

「こんにちは」

後方から呼びかけられ、振り返ると志々木だった。ちょうど帰宅してきたところのようだ。

「何かご用ですか」

「ああ、申し訳ありません。またちょっと話を聞かせてもらえればと思いまして」

「いいですよ。どうぞ上がってください」

彼がポケットから鍵を取り出した。それに付いているアクリル素材らしき四角いキーホルダーが目を引いた。かなり古そうだ。

志々木が玄関に入ると奥にいる西京にただいまと言い、「今日はもう大丈夫です。あとは僕がやるのであがってください」

西京が帰宅し、居間には志々木と伊月、加集だけとなった。

「すみません。親父が隣の部屋におりますが、気にしないでください」

「療養中だとか」隣の部屋に視線を送りながら訊いてみた。

「そうなんです。僕は母を幼少時に病気で亡くしておりまして、以来ずっと親父と二人暮らしなんです」

「それは大変ですね」

まだ自分と同じ二十代。伊月は目の前の男を不憫《ふびん》に思った。

顔に出てしまっていたのか、志々木は微笑した。

「全然大丈夫ですよ。実の父なんだし、苦とも思いません」

屈託のないその表情から、きっと本音だろうなと思った。

彼は手に持っていた鍵に付いた古いキーホルダーをもてあそびながらしみじみ語った。

「昔は遊園地にもよく連れて行ってもらいました。これ、当時父に買ってもらったものなんです」

だいぶ色あせているが、ジェットコースターのイラストが描かれている。

「大事にされてるんですね」

「こういうのって捨てられないんですよね。もう戻れないから」

かつての思い出を見ているのか、その目には静かな寂しさがあった。

「お聞きしますが、火災の日の前日、志々木さんは会社にずっとおられましたか」

「はい。その日は他部門の方と打合せをした後、新谷部長と一時間ほど会議に出席したり、自分の個人テーマに取り組んだりしていました」

これまでの証言と一致する。

「午後二時から三時半の間は何を？」

志々木は視線を宙に向けた。

「三時から会議でしたのでそれまで会議の資料を作成したり、実験室で簡単な実験をしていたかと思います」

「その時間、宇山さんがいなくなったことは認識していましたか」

「ええ。宇山さんに会議に出す資料の確認をしてもらいたかったので探したのですが、見つかりませんでした。まあ、よくあることなのでその時は気にも留めませんでしたが」

「志々木さんのそばには誰かおりましたか」

「実験室には何人かいましたよ。同じ部内の者と、他部門の者もいたと思います。事務室で資料を作っていた時は……すみません、資料作りに集中していたものであまり記憶がありません。多分工場長や事務員の方がいたかと思います。実験室と事務室は隣同士で、僕は出たり入ったりをしていたので誰かは覚えてるんじゃないでしょうか」

伊月は頷き、その時間に在席していた者たちの名前を控えた。

質問を重ねた。

「宇山さんは良い上司でしたか」

「仕事については厳しいところもありましたが、その分、学ぶことも多く、勉強させてもらいました」

「以前、体調を崩された時、宇山さんに買い物をしてもらったとか?」

「ああ、はい。ヘルパーさんもこない日だったのでとても助かりました」

川野と同様、宇山への信頼が伝わる。

志々木は会社で見るよりも少し大人びて見えた。会社では若手だが、家では大黒柱然としているからだろう。くわえてどこか人好きするというか、世話を焼きたくなる人柄でもある。時々見せる表情の陰りは重ねた苦労の痕跡かもしれない。

はしかの時、宇山が世話を焼いたのはきっと志々木をほうっておけなかったのだろう。当初存在感のない人物に思えたが、こうしてプラベートな一面を覗《のぞ》くと、またがらりと印象が変わった。

思えば新谷や川野にしたってそうだ。会社で見せる顔と家庭で見せる顔。みんな環境に応じて様々な顔を使い分けている。

その時、奥の部屋から男性の胴間声が聞こえた。

「おおい、帰ったのか？　飯の支度はまだか」

「あ、ごめん。今からするよ」

「早くしてくれっ。お前は昔からトロいんだよ」

苛立ちを帯びた声だった。

志々木は困った表情で、すみませんと頭を下げた。

「こちらこそ申し訳ございません。最後に津田さんについて、あれから何か思い出すことはありませんか」

「僕があまりお酒を飲めないこともあって、津田さんとは個人的な絡みが少なかったんです」

「彼と付き合いの深そうな人について心当たりは？」

志々木は首を振った。「会社で付き合いのある人は聞いたことがないですね。プライベートも知りません。僕自身、会社が終わればこういう状況なんで」

志々木が隣の部屋に視線を投げた。父親の介護を指しているのだろう。初めて彼の弱った顔を見た気がした。

伊月は加集に窺うように視線を向けた。彼は大丈夫、というように頷いた。

「わかりました。お忙しいところすみませんでした」

伊月と加集は五反田に向かい、津田の行きつけのクラブ、ナイトキャンディに足を運んだ。

店はまだ開店前だったがドアを開けると化粧が濃いめの中年女性と目があった。

「すみません。まだ準備中なんです」

「あ、いえ。少し話を聞かせていただきたいのですが」

伊月が名乗ると女性は目を丸くした。「刑事さんがなんのご用でしょうか」

津田のことを訊くと、「やっぱりあのニュースって津田さんだったのね」と合点がいった様子だった。女性はこの店でママをしているサユリと名乗った。色艶のいい顔色で、時々二重顎になる程度にふくよかだ。

「津田さんはうちによくきてくれてましてね。化学会社の技術者だって聞いています。自分は特許をいくつも持っていて会社からはすごく評価されてるって」

「ママがいつも対応を？」

サユリは首を振った。「津田さんの目当てはいつもサクラちゃんだね。奥にいるから呼んできましょうか」

「ぜひ」

そこのソファで待っているよう言い残し、サユリは奥の部屋に消えた。

しばらくして二十代後半くらいのやや派手めな女性が神妙な顔つきでやってきた。

「サクラです」

伊月たちも名乗ると、サクラは頷いた。ある程度サユリから話を聞いたようだ。

「津田さんについて訊きたいことが」伊月が切り出すと、サクラはそれを遮って口を切った。

「わたし、何もしてませんよっ」

強気な口調に戸惑った。

「誤解しないでください。わたしたちは津田さんの周囲の人の話を訊いてまわってるだけですから」

「本当ですか」彼女は細い眉をひそめた。

「はい。津田さんについて知っていることを教えていただければそれで十分ですから」

サクラはふっと息を吐くと足を組んだ。

「ならいいけど……。あ、わたし、加奈子《かなこ》です。森村《もりむら》加奈子が本名。津田さんとはもう二年くらいになるかな。最初にお店にきていただいて以来、ずっと指名してもらってます」

「いつも彼はどんな様子でしたか」

「自慢話が多かったかなあ。会社の愚痴とか自分の能力の高さをよく教えてくれましたよ。そういうお客は結構多いし、褒めてやれば相手も喜んでボトル入れてくれるから楽でした」

「基本的にはお店で会うだけ？」

「食事にもよく誘ってもらいましたよ。彼、高級なお店に女性を連れて行くのがステータスだと思ってるタイプなんで、そこは遠慮なく」口元をにやつかせて彼女は言った。

「恋愛感情は？」加集が訊く。

彼女は吹き出した。

「ないない。わたしにとっては単なる客です。向こうはわたしのことを彼女だなんて周りに言ってたようだけど」

伊月は加集と視線を交わした。

どうやら宇山たちに話していた彼女というのはこの森村加奈子のようだ。

「きわどい状況になりそうな時はいつも言い訳して逃げてました。でも、一応大事な客なんで、手放さないように節度を持った対応を心がけてましたよ」

「最近何か津田さんに変わったこととかありませんでしたか」伊月が訊いた。

彼女は人差し指を顎につけ、んーと唸った。

「ちょっと前までは経済的に苦しかったんじゃないかな。でも最近は仕事が上手くいったみたいで羽振りは良かったですね。新しい財布買ってもらったし」

「なぜ経済的に苦しかったとわかるんですか」

「だってお店に誘ってもなかなかきてくれない時期があって、だったらご飯でもどう？ってこっちから誘ったんですよ。それならってことで会ったんだけど彼にしては高級感のないというか、安っぽい店に連れてかれて。しかも会計の時、彼がカードで払おうとしたら使えないって店の人に言われたし」

「それはつまり、カード利用が停止されていたと」

「そ。しょうがないからその時はわたしが払ったの。ああ、もうこの人はだめだなと思ったよね。で、しばらく連絡も取ってなかったんだけど、二ヶ月ほど前かな、あの時はごめんねってお金返してくれて、お詫《わ》びに財布も買ってもらった」

「その時、津田さんの顔に違和感はありませんでしたか。怪我をしてたとか」

「ああ、あったあった。わたしが会った時はだいぶ治りかけのようだったけどあれは相当こっぴどくやられてたね。お店の照明とあいまって、だいぶみすぼらしく見えちゃった。お金のトラブルっぽかったんだよね。それで暴力団関係の人に絡まれたのかなって」

プレミアムムリンカーの佐和だ。この時期、津田は彼と接触し、チャイネスに技術漏洩している。宇山の技術を売ったことで金が手に入り、また散財していたということか。加奈子の続く言葉に引っかかりを感じた。

「次の仕事は継続的な収入が見込めるからもっと色んな美味《おい》しいお店行こうねって言ってたな」

継続的な収入。宇山の技術を売って得た収入はスポット的であって継続的ではない。どういうことだ。

「その仕事について彼は他に何か言ってませんでしたか」

「えっと、なんでも昔の友人と再会したとかなんかで。てっきり何か事業を始めたのかと思ったけど」

加集に目配せをすると彼も頷いた。

津田の大学時代の友人たちにはすでに聞き込みを終え、今のところ気になる人物はいない。

彼の中高時代の友人を調べる必要があると考え、埼玉の川口《かわぐち》にある津田が当時住んでいた母の家を伊月と加集は訪れた。

津田は子供時代に両親の離婚により、母親の姓を名乗っている。父親の河合政雄《まさお》はすでに定年退職し、今は福岡にいることがわかっている。

津田の母親と会う時は気後れした。

「殺しかも知れないというのはまだ告げるな」

加集に言われた。

現在、津田が焼死した理由は明らかになっていない。参考人として勾留している宇山にしても殺人罪では逮捕していない。このような状況で下手なことを言って被害者遺族を刺激するのは得策ではないということだ。

津田の母親には出火原因を捜査中ということで通している。

息子が亡くなったことでかなり消沈しているのだろう。津田の母親、津田美枝子《みえこ》の白髪交じりの長い髪はまとまりがなく、化粧っ気もなかった。憔悴《しょうすい》が見て取れる。

「あれから何かわかりましたか」光のない目で美枝子は訊いた。

「申し訳ありません。まだ捜査中です」

「そうですか……。きっとたばこの火の不始末とかなんでしょう。あの子、昔からずぼらでしたから」

「宗一さんは少年時代、どのようなお子さんでしたか」

美枝子は怪訝な表情をした。「どうしてそんなことを訊くんですか」

自殺の線でも調査していることを告げた。

「何か悩んでいたんでしょうか」美枝子の目には動揺が滲んでいた。

「まだわかりません。それを調べています」

納得してくれたようで、美枝子は近くにあったアルバムを手に取り、広げてくれた。

「あまり友達が多いタイプではありませんでした。わたしが甘やかしすぎたんだと思います。いつも家でゲームをしたり漫画を読んだり、小学校の高学年くらいから学校にもあまり通わなくなりました」

写真を見るとぽっちゃりした少年の姿がそこにあった。津田の今の写真を見たがかけ離れている。

「よろしいですか」

加集がアルバムを引き取り、めくっていった。津田が生まれたての頃から小学校くらいまでが収納されていた。

『ソウイチ、誕生。おめでとう！』と、写真の横には簡単にコメントが書いてある。美枝子が書いたものだろう。不思議なのは多くが父親とのツーショットばかりだった。

「わたしにはあまり懐いておりませんでしたから」寂しそうに美枝子は笑った。

それにしても友達との写真もない。

「学校にもあまり通わなくなったということですが、何か原因でも？」伊月は訊いた。

「自己中心というか、わがままな性格だったもので。親が二人とも働きに出ていたのも良くなかったのかもしれません」

美枝子の口ぶりから中高時代においても津田の友達は少なかったらしい。

次に津田の部屋を見せてもらうことにした。

「宗一の部屋です。参考になればいいんですが……」

津田が高校まで使っていた部屋に案内してくれた。

大学時代以降のものは一人暮らしをしていた板橋区のマンションにあったため、すべて焼失してしまっている。そのため、ここには高校時代より前のものが残っているだろうと期待していた。だが、不登校気味だったのなら交友関係を示すものはろくにないかもしれない。

「なんでもご自由に見ていただいて構いません。あんなのでも息子ですから。なぜ死んでしまったのか明らかにしてください」美枝子は頭を下げ、部屋を出ていった。

津田の部屋を見渡すと、ゲームや漫画などが多く、一見するとごく普通の子供時代を送っていたかに見える。学生時代のノートやパソコンを調べてみるが、特にめぼしい情報はなかった。

引きこもっていただけあってゲーム類が多い。特にテレビゲームのソフトはざっと数十本ほどある。

「当時はまだ据え置き型ゲームの全盛期だったからな」加集がソフトを一つ手に取った。「懐かしいな。ワールドクエストじゃないか」

伊月もしたことがあるロールプレイングゲームだった。このソフトは主人公が勇者となり、設定された複数のキャラクターから仲間を一人選んで、ともに冒険をしながら世界の平和を取り戻す王道ゲームだ。仲間選びの多彩さと途中の悲喜こもごものストーリーがゲームながら感動を呼び、大人気となった。

「ちょっと起動してみろよ」

「え、いいんですか」

「扱いに気をつけろよ」

伊月はゲーム機本体をセットし、このソフトを入れて起動させてみた。昔よく聞いたオープニングのBGMが鳴り、セーブされていたデータを選ぶ。各キャラのレベルが異様に高く、かなりやりこんでいることが見受けられる。

おや、と思った。

主人公の名がカズとなっていた。津田の名前は宗一だ。ゲームの主人公に自分の名前でも設定上の名前でもない名前をつけるのは珍しい。

仲間のキャラクターにはユウジと名付けられている。

初めて聞く名前だった。

「カズとユウジ、か」加集がつぶやいた。

伊月も想像してみる。この埃《ほこり》っぽい部屋でかつて、カズとユウジなる人物がゲームを楽しんでいた。ゲームのキャラクターに互いの名前をつけるのだからそれなりに仲は良かったのだろう。

「でも、津田が気に入っていた漫画や別のゲームのキャラクターからつけた可能性もありますね」

「ああ。それにソフトを別の誰かに貸していたり、あるいはこれが譲り受けたものである可能性もある」

加集は他に何か情報はないかと津田の机を調べた。引き出しを開けると、

「おい、いいものがあったぞ」

それは古いガラケーの携帯電話だった。

「電池切れか」さらに加集は引き出しを漁る。「くそっ。充電器がない。……聞いてくる。お前は他を探してくれ」

加集が部屋を出ていった。

改めて室内を見渡してみる。

ゲームの他、フィギュアやカードゲームなどインドアな気質が見て取れた。本棚には漫画がずらりと並んでいる。その中に、一際目を引くものがあった。

『オモシロ化学実験』

『爆発の化学』

『危険な化学反応』

『不思議な化学現象』

その他が漫画だけにこの一群だけ異彩を放っている。手に取ってみた。

加集が戻ってきた。

「どうだ？　充電器はあったか」

「いえ。そちらはどうでした？」

「だめだ。知らないとさ。津田が中学、高校時代に使っていたものには間違いないそうだ。署に戻って調べてみよう」

加集は伊月が手にしていた本に気づいた。「なんだそれ」

「本棚にありました。これらだけジャンルが異質でしたので」

加集に手渡すと、彼も唸るように押し黙った。

部屋を一通り確認した後、帰り際に美枝子に訊いてみた。

「夫の政雄が買い与えたものです。よく、宗一に実験を教えて遊んであげていましたから」美枝子は続けた。「そういえば仲の良い友達がいて、よくその子と三人で遊んでました」

伊月は加集と顔を見合わせた。

「友達の名前はわかりますか」加集が訊いた。

「えっと、どうだったかしら。あんまり聞いていなかったので……。確か、以前の家の近所に住んでいた子だと思うんですけど」頰に手をつけて眉を寄せた。

津田母子は津田が中学二年の時にこっちへ引っ越している。それまでは喜多江市で父親も含め三人暮らしをしていた。引っ越し以前の交友関係を調べると何か摑めるかもしれない。

「子供時代から化学実験に興味を持っていたことが技術者になるきっかけになったんですね」伊月は訊いた。

「それはそうだと思います。わたしよりも父親に懐いていましたから。その影響から同じ会社に勤めることになって」

「え、父親もケミカルフロンティアに？」

「ええ。もう何年も前に退職しましたけど」

加集に視線を移す。

加集は美枝子に向き直った。「少し立ち入ったことを伺います。宗一さんは父親を尊敬していたとおっしゃいましたが、それなら離婚の時は父親と一緒にいたがったのでは？」

「わたしたちも当然父親側につくものと思っていました。でも宗一の方がわたしといることを選びました。わたしたちも意外に思ったんですが、まだ学生ということもあり、母親がついていた方がいいということで政雄も納得していました」

美枝子に了解を得て、津田の古い携帯電話を拝借し、以前住んでいた家の詳細な住所を教えてもらった。

「お前は津田がまだ河合姓の時に住んでいた住所近辺を探ってくれ。おれはケミカルフロンティア内の人間をもう一度洗ってみようと思う。津田と津田の父親に関係する人物がいないか探ってみる。それに、まだ津田の同僚たちの証言の裏がとれていないところもあるからな」

信頼の言葉と受け取った伊月は力強く言った。「はいっ」

「そしてこれだ」

加集は美枝子から借りた携帯電話を持ち上げた。津田の中学や高校時代の交友関係の記録が入っているはずだ。「後でじっくり拝ませてもらおう」

喜多江市は多摩《たま》地域東部に属し、全国でも比較的小さい市だ。小田急線、喜多江駅から十分ほどの住宅街を伊月は歩いていた。

三軒ほど民家を過ぎたところにかつて河合姓だった津田一家が住んでいた家があった。今は表札に村上《むらかみ》と書かれている。

二階建て、庭つきのごくごく普通の戸建て住宅だ。津田は少年時代この家に住み、生活していた。

「村上さんなら仕事でいないよ」

右隣から声がかかった。振り向くと七十代くらいの老婆が花に水をやりながらこちらを見ている。

「すみません。こちらに以前住んでいた河合さんご一家についてご存じですか」

老婆は片眉を上げ、訝しむような顔つきで訊いた。

「あんたは？」

伊月は手帳を取り出し、名乗った。

「現在、ここに住んでいた津田宗一さん、旧姓河合宗一さんについて調べております」

事件の概略を説明すると、老婆は水を止めた。

「あのそうちゃんが……」

驚いた様子で立ち尽くした。

老婆は丹羽敬子《たんばけいこ》といった。少し間を置いて、丹羽は話し始める。

「河合さんのところは共働きでね。そうちゃんは一人でいることが多かったよ。お金には余裕があったんじゃないかね。特にご主人の方はメーカー勤めでしっかりした職の方だったはずだよ。休みの日はそうちゃんと一緒に遊ぶ声がよく聞こえてきたもんだ」

「宗一さんは一人でいることが多かったとのことですが、友達などはいなかったのでしょうか」

丹羽は首を横に振った。

「学校ではいじめられていたようだからね。あの子が下校途中に同級生からからかわれているのを何度も見た」

「いじめの原因はなんだったのでしょう」

「さあね。小学生のいじめなんて気まぐれみたいなもんだろ。ちょっとクラスのガキ大将に目をつけられたらみんなの標的にされちまう。そうちゃんもそんな感じだったんじゃないの」

かつての不憫な河合宗一の姿を思い出しているのか、丹羽は遠い目をして語った。

「今でも覚えてるよ。そうちゃんがいじめっ子たちから『かわいそうな宗一くん、かわいそう、かわいそう』って言われてるのを。河合宗一だから、かわいそうって。なんで子供はそんなことで友達をよってたかっていじめるんだろうねえ」

「他に河合さん一家や宗一さんのことをよく知る方をご存じないですか」

「どうかねえ。この二十年ほどでだいぶ人も変わっちゃったしね」思案するような表情の後、「もしかしたら二丁目の飯田《いいだ》さんは知ってるかもね。昔ゲーム屋を営業してて、子供たちはよくゲームを買いに集まってたから」

正確な道順を教えてもらい、伊月は礼を言った。

丹羽から聞いた道を行くと、飯田と書かれた表札を見つけた。

家の一部を改装して店をやっていたようで、今は錆び付いたシャッターが下りている。丹羽が言うゲーム屋とはゲームソフトなどを販売するゲームショップだったようだ。

インターホンを鳴らすと、「はい」と、中からしわがれた男性の声が聞こえた。

伊月が名乗ると、玄関から顔を出したのは禿頭《とくとう》で糸目の男だった。年の頃は六十代くらいだろうか。

「すみません。以前この辺りに住んでいた河合宗一さんについて調べておりまして」

「河合？　……知らんな」飯田は憮然《ぶぜん》とした表情で言った。

「あの、三丁目の丹羽さんから聞いてきました。飯田さんは昔ゲームショップをやっていて子供たちから人気があったと伺ったんですが」

「ああ、やってたよ。テレビゲームやカードゲームが流行《はや》ってた時は多くの子供たちがうちにきてくれた。なんだ、その時うちにきた子供か。河合宗一ねえ」

　飯田は腕組みをしながら唸った。

「やっぱり思い出せねえな。これでもお得意様は覚えている方だが」

「河合さんの家にはワールドクエストなどたくさんのゲームソフトがありました。もしかしたらこちらで購入されていたのではと思うのですが」

「ワールドクエスト……」飯田はぱっと何かを思い出したように声を上げた。「あっカズのことか」

　飯田は思い出したように膝を打った。「そうそう、確か河合って名前だった。いつも人気シリーズの最新ソフトが出ると必ず買いにきてたよ。うちは発売日の前日には商品を出しちまうから、めざとい子供たちがよくくるんだ。カズもそのうちの一人だったから覚えてる」

「カズ？　宗一という名前ではないんですか」

「ソウイチ……いや、確かヒロカズとか、マサカズとかじゃなかったか。とにかくカズって呼んでくれって言ってたぞ」

伊月にある予感がうごめいた。

「ムネカズ、ではなかったですか」

「ああ、言われてみればそうかもしれないな」

宗一は別の読み方をすればムネカズだ。当時の津田は河合宗一という名前にコンプレックスを抱いていた。だから初対面の人には別の呼び方で呼んでもらうようにしていたのではないか。親の離婚の際、母方についたのも母親の姓に変えるためだったとすれば合点がいく。であれば、ゲームにあったユウジという名の人物も実在するはずだ。

「彼が店にくる時、誰かと一緒でしたか」

「いやあ、いつも一人だったな」

「間違いないですか」念を押してみる。

「カズはお得意様の中でも本当によくきてくれたから間違いない。あんまりしゃべるタイプの子供じゃなかったけどよ、おれが子供好きだから半ば無理矢理に会話することも結構あったんだ」飯田は、がははと豪快に笑った。

次に向かったのは地元の公立中学校だった。

当時、津田の担任だった教員はもう定年退職していた。しかし、津田の同級生だった生徒が今、教員となっていることがわかったので話を聞かせてもらった。

「河合くんですか。不登校だったのでほとんど話したことはありませんけど」

彼女は田宮良子《たみやりょうこ》といった。一年生の時、津田と同じクラスで田宮は学級委員をしていたという。

「不登校はいじめが原因だったのでしょうか」

「いえいえ。登校初日からきてなかったと思いますよ。もしかしたら小学校時代の同級生からいじめを受けていたのかもしれませんけど。中学になっていじめを受けていたということはないと思います。少なくともわたしは知りません」

「彼の交友関係とか知っていることがあれば聞かせていただけませんか」

「そう言われましても……」

なんとか振り絞ろうとするように眉間にしわを寄せて考えている。

「やっぱり彼と仲が良かった人は思い当たりません」

「そうですか」

空振りのようだ。

「弟さんとは仲良さそうでしたけどね」

諦めて辞去しようとした時、彼女の言葉に思いとどまった。

「河合宗一さんには弟はいないはずですが」

「あら、そうなんですか？　何回か彼の家にプリントを届けに行った時、庭で年下の男の子と一緒に遊んでいるのを見たからてっきり」

伊月の動悸《どうき》が速くなる。

見え隠れする人物の影がここにもあった。

津田の家で一緒にゲームをし、庭で遊んだりするユウジという名の人物。

今まで調べた中では津田が唯一仲良くしていた人物といっていい。

伊月が署に戻ると加集はすでにいてパソコンを開こうとしていた。

「おれもさっき戻ってきたところだ。そっちはどうだった」

伊月はこれまでの聞き込み結果を話した。

「いじめ、か。不登校の原因なんてそんなものなんだろうな。そんな中、ユウジという友人がいたのは気になる。今のところはケミカルフロンティアの人間と並行して調べていく必要がありそうだ」加集は渋い顔で言った。

「ケミカルフロンティアの社員たちの裏が取れなかったということですか」

「はっきり言って微妙だ。完全にずっと見ていたというのはない。誰に訊いてもあの人はこの時間、ここにいたと思う、デスクワークをしていた気がする、とかだ。一時間程度は誰もが抜け出すチャンスはあったと考えていいだろう。みんながみんなそんな感じだ」

加集の言い方に何かあるように思えた。

「何か情報が得られたんですね」

「ああ。父親の政雄は五年前に定年退職し、政雄の実家がある福岡に隠居したらしい。隠居するまでは部長の役職に就いていた。当時の河合政雄の部下で、今役員をやっている男を見つけて訊くと、政雄自身は人望のある優れた技術者だったとさ」加集は唇を舐《な》めた。「さらに突っ込んで訊いてみると、どうやら息子の津田は父親のコネで入ったようだ。名字が違うから社内にそれを知る人はあまりいない。調べれば調べるほど、津田には何か出てくる」

加集は津田の母親から借りた津田の古い携帯電話を机に置き、次いで、鞄《かばん》から充電器を取り出した。

「署内の物置に眠っていたものだ。見つけるのに苦労したぞ」

伊月は加集から充電器を受け取り、早速、携帯電話に取り付けた。しばらく待って電源を入れてみる。

液晶が光り始めた。問題なく作動しそうだ。

「よし、動く。まずは受信メールを見てくれ」

メールボックスの受信メールをのぞくと、母親からのメッセージが主だったものだった。

美枝子：今日は遅くなります。お弁当買って食べてね
美枝子：今日も遅いです。冷蔵庫におかずがあるので温めて食べてね
美枝子：遅くなります。食卓にお金を置いたので何か買って食べて

受信メールは似たような文面が連なっていた。続いて送信メールを見てみるが、多くが母親のメールに対し、『了解』と一言送っているだけだった。

通話の履歴もほとんどが母親とのやりとりだ。

「友達と呼べるような人物はいなさそうですね」

「写真は何か残ってないか」

伊月は保存されている写真フォルダを開けてみた。

途端、心臓が跳ね上がる。

ファイル名に『豊島優慈』と書かれたものがあった。恐らくユウジのことだ。ざっと数十枚ほどある。心臓が早鐘を打ちだした。

「おい」加集も低い声を出す。

伊月は頷き、はやる気持ちを抑えて写真をクリックした。


『このデータは再生できません』


「壊れてやがる。次だ」

別の写真を開けてみるが同じ文字が表示された。嫌な予感がした。

上から順に開けてみるがことごとく再生できなかった。結局、どの写真もデータが破損している。

「二十年以上も前の携帯ですからね。データが破損していても変じゃないですよ」伊月はこめかみに手を当てた。

「くそっ」

加集も悪態をつく。「すぐに科捜研に送ってデータの復元を依頼してくれ」

七章

翌日、加集は福岡に飛んだ。津田の父親、河合政雄と会うためだ。

一方の伊月は津田の住んでいた喜多江市の小学校を訪ねることにした。

事前に電話で確認すると、二十三年前当時の津田を知る伊藤《いとう》という教員が別の小学校に在職中であることがわかった。連絡がとれたのできてもらった。新しい情報が得られるかもしれない。

「覚えてますよ。河合くんですね」

卒業アルバムを手に面会してくれた五十代後半の男性は穏やかに言った。

「わたしは彼が五、六年生の時の担任でした。当時、確かに彼をからかうような子供たちが周りにいたことを覚えています」

「いじめがあったと認識していたんですか」

ついストレートに訊いてしまった。

伊藤は弱ったような表情で答えた。

「いじめというか、まあ、よくあるようなふざけあい、みたいなものだったと思います。深刻そうならクラス会で話したはずですし、そうしなかったということはその程度だったということでしょう」

　釈然としないながらも訊いてみた。「彼と親しい友人は誰かいましたか」

「どうでしょうか。彼はあまり学校にこなかったものですからねえ」

「不登校の原因はなんだと考えていますか」

「家庭内にあったんじゃないかと記憶しています。確かご両親が共働きで、家庭訪問もなかなか日程が決まらなかったのを覚えていますよ」

　あくまで自分には非がないと主張しているようだ。これではたいした情報もないだろう。そう判断し、切り口を変えてみた。

「豊島優慈という生徒を知らないですか？　河合宗一と仲が良かった生徒です。学年は河合宗一よりも下らしいことはわかっているんですが」

「豊島優慈、くんですか。わたしの記憶にはありませんが、少し調べてみましょう」

　しばらくして、伊藤が戻ってきた。その手には別の卒業アルバムが抱えられている。

「豊島くんが二年生の時の担任に高峯《たかみね》という女性教師がおりました。現在は隣の小学校にいるようで、今ならこちらにこれるそうですがどうしますか」

「ぜひ、お願いします」

「ではそのように伝えましょう。待っている間、こちらをご覧になってください」

伊藤は手に持っていたアルバムを差し出してきた。「豊島くんの卒業アルバムです。河合くんが六年生の時の二年生にあたりますね。ほら、この子です」

伊藤が卒業アルバムを開いてみせ、豊島優慈と記載がある少年を指した。ごく平凡そうな笑顔の少年がそこに写っている。計算すると今は三十一歳になる年だ。思ったより簡単に見つかり、多少、肩すかしを食らった気分だった。

しばらくして伊藤が中年の女性を従えて戻ってきた。

「こちら豊島優慈くんの担任をしていました高峯です」

紹介を受けた女性はやや緊張した面持ちで頭を下げた。

「わざわざ申し訳ありません」

早速、豊島について訊いてみる。

高峯はアルバムを手に取り、記憶を辿るように言った。「彼は少し控えめな性格でしたが、決して消極的というほどでもなく、どこにでもいる普通の子という印象でした」

「交友関係はどうでしょうか」

「友達は多かった方だと思います。特に仲の良い子というと……この子やこの子とか」

言いながら高峯は何人かの生徒を指していった。

伊月はアルバムを受け取り、最後のページを開いてみる。当時の卒業アルバムには住所と電話番号も記載されている。

「控えてもよろしいでしょうか」

判断に迷ったのか高峯は伊藤を見た。伊藤はしどろもどろになりながら「いや、まあ、どうでしょうか。警察の方ですし……事件の捜査以外には使用しないということでお願いします」

「もちろんです。約束します」

伊月はメモすると再び高峯に向き直った。

「豊島優慈くんと河合宗一くんの仲が良かったという認識はありませんか」

「そういうことはなかったと思います。高学年と低学年は校舎が離れておりまして、当時、二年生と六年生が交流する機会もありませんでしたし。もちろん断言はできないのですが……。もし、そういう事実があったとしたら、たとえばご両親同士が知り合いとか、習い事で出会うとか、学校以外での交流があったのかもしれません」

これには一理あると思った。

「彼に特徴みたいなものはありましたか。外見上でも内面上でも構いません」

「そうですねえ。豊島くんは人気者ってほどではないですけど、広く友達には恵まれていたかと思います。小学生ってわりと仲の良いグループを形成しがちですけど、豊島くんはどのグループにも行き来できるような児童でした」

さらに高峯は付け加えた。「あと、特徴といえるかわかりませんが、昔、怪我をしたようで豊島くんの右腕には古傷がありました。こう、縦に十センチほどの」

彼女は自分の右腕を立てて見せ、肘から手首に向かって線を一本引いた。

徐々に近づいている。津田と親交のあった人間。

学校を出るとその足で豊島の家に向かった。


小学校から十分ほど歩いて、狭い路地に入ると目的の家に着いた。外観が同じ住戸が並ぶ、二軒長屋だった。

木造二階建て、直接道路に面したドアにはチャイムと魚眼レンズだけの簡素な造り。壁にはおびただしく苔《こけ》が生えている。築年数は三十年を軽く超えていそうだ。

ここから津田の以前の家までほんの数分。この距離が津田との関係になんらかの影響を与えたことは間違いないだろう。

表札は出ていない。窓から中の様子を窺ってみるも、人の気配はない。それどころかカーテンや洗濯物など、通常外から見える生活の痕跡がまるでなかった。今はもうどこかに移り住んでしまったか。

一歩引いて長屋を見渡す。ここなら古くからいる人もいそうだ。隣の家を訪ねてみた。ドア越しに四十代の主婦らしき女性が顔を出した。

「なんでしょう」

伊月は手帳を見せた。「実はお隣の家にかつて住んでいた豊島さんについてお伺いしたいのですが」

きょとんとした表情を浮かべていた。

案の定、「すみません。ここに引っ越してきて十年ほどになりますがお隣はずっと空家です」と言われてしまった。

「失礼しました。ありがとうございました」

「あ、待ってください」

主婦が呼び止めた。

伊月は動きを止めて振り返った。

「お隣の方をお探しなんですか」

「何か知ってるんですか」

「いえ、そうじゃないんです。ここの家、相当古いでしょ。地震がきたら潰れそうなんで、取り壊して土地を売ろうと思ってるんです」

「はあ」

「お隣と壁の切り離しの承諾を取りたいんですが、連絡先がわからず困っているんですよ。もし連絡が取れましたら教えてくれませんか」

少し考えて訊いてみた。

「この家は持ち家ということですか」

「だと思います。相続人の方が不在と聞いています」

持ち家をそのまま放置して豊島一家はどこかに移り住んだ。少なくとも十年以上前に。奇妙な話だ。計算すると豊島が二十一歳頃。大学や就職で家を出て、両親も別の場所に引っ越したのか。

「この周辺で昔から長く住まわれてる方ってわかりますか」

「お隣のことを知っていそうな人なら向かいの玉島《たましま》さんだと思いますよ。ちょうど、近いうちにお隣の家の方についてわたしも訊こうと思っていたところなんで」

伊月は礼を言って反対側の家を訪ねた。白髪の老人が出た。

例のごとく手帳を取り出し、事情を説明した。

「火災で亡くなった男性と親交のあった人物を探しておりまして。どうやら豊島優慈さんがその方と仲が良かったようなんです」

「ああ、豊島さんね。覚えてるよ」

当たりだ。急《せ》き込みそうになりながら詳細を訊ねた。

男は玉島正三《しょうぞう》と名乗った。

「豊島さんたちはね、どうだろう、引っ越してきたのは今から三十年程前になるかな。まだ優慈くんが赤ちゃんの時だよ。壁が薄いからね、こっちまでよく夜泣きする声が聞こえてきたもんさ」笑いながら玉島は言った。

曰く、豊島一家は大阪からきたらしいが、あまり過去のことを話さなかったという。

「豊島さん夫婦はとても穏やかな人たちだったよ。えっと、秀一さんと恵子さん、だったかな。会えばいつも挨拶してくれたなあ。……実は彼らに大変な不幸があってね。知ってるかな」

「い、いいえ」

急に重々しい表情で玉島は訊いた。

「もう何年になるだろう。十五年くらい経つのかな。優慈くんが高校生の頃だよ。豊島さん夫婦の乗った車が交通事故にあってね。二人とも亡くなったんだ。優慈くんは一人取り残されてしまった。もう本当に不憫で……。葬式とかは手伝ったんだけど、この先どうなるんだって」

　虚を衝かれて伊月は言葉を失った。

「あんなことがあって優慈くんも可哀想だった……」

　彼は弱々しく言って唇を噛んだ。

　思わぬ展開に戸惑う。

「彼はご両親の死後、どうされたんでしょうか」

「しばらくはここに住んでいたよ。二年くらいいたんじゃないかな。まあ、こんなボロ屋でも一人で暮らすには広いし、探せば安い部屋もあるだろう。生活が安定し次第、どこかに引っ越したんじゃないかな。仕事から帰ってきたらうちの家のポストに『お世話になりました』ってメモが入れてあってね。もう少しおれを頼ってくれてもいいのにって思ったもんだよ」

「彼には他に頼れる親戚や友人などはいたんでしょうか」

「どうだろうね。どれだけ声をかけても一人にしてください、って言われるだけだったから。気を使われるのが嫌いなタイプだった。……思い詰めて、変なこと考えてなけりゃいいけど」

思っていた豊島の像に影が差した。十代で悲惨な現実を受け止めなければいけなかったことに同情を禁じ得ない。

「他に豊島さん一家と交流のあった人物とかご存じないですか」

玉島は手を振った。

「さすがにそこまではね。葬儀の時は秀一さんの会社の人たちと顔を合わせもしたけどそれっきりだしなあ。恵子さんも優慈くんを連れて頻繁に役所に出かけていたくらいで特に親しい人は見かけてないし」

「役所、ですか」

「そう。ちょうどおれの通勤時間と重なることが多くて訊いたことがあるんだよ。まあでも、家庭の事情について深く訊くのも忍びないから理由までは訊いてないけど」

伊月は豊島の居場所を調べるため、最後に役所を訪れた。

警察といえど照会書がなければ個人情報は開示してくれないだろうが、まずは手がかりが摑めないかと考えた。豊島母子は頻繁に役所を訪れていたことから何かの痕跡があるはずだ。

最初に伊月が考えたのは児童手当などの行政サービスだった。

しかし、子育て支援課の窓口では豊島優慈なる人物の履歴はないということだった。

「間違いなくこの市にお住まいでしたか」

担当者の質問にはっとする。そうか、住民票がこの住所ではない可能性もある。

となれば戸籍か。結婚などで新しく戸籍を作っていなければここに戸籍があるかもしれない。そうだとすれば、戸籍の附票から住所を確認できる。

住民課に行き、刑事であることを名乗った上で訊く。事情を話すと担当者は上司らしき人物を連れてきた。

「豊島さんのことは存じ上げております」

現れたのは眼鏡をかけた五十絡みの男だった。「よくこられていたので」

どうやら当時の担当者のようだ。

彼は長谷川《はせがわ》と名乗り、課長をしているという。

「豊島優慈さんについて調べています。ご両親が亡くなられたのは知っていますか」

「ええ。こちらで死亡届を受理していましたので。本当に気の毒なことでした」長谷川は悲しげな目つきを見せた。

「……ということは息子さんである優慈さんが届け出を？」

未成年が自分の両親の死亡届を出しにいく。なんて悲しいことなのだろうと伊月は思った。しかし長谷川は首を振った。

「別の者が対応したのでわたしはわかりませんが、豊島さんには戸籍上、息子さんはいないことになっていましたので違うと思います」

意味を測りかねた。

「どういうことですか」

「届出人の欄に本籍を記入する箇所がございますので、息子の優慈さんは記入できなかったと思います。死亡届は法務局に保管されているはずですのでそちらにお問い合わせください」

「いえ、そうじゃなくて」伊月は訊いた。「優慈さんが戸籍上いないことになっていたというのはどういう意味ですか」

ああ、と言って彼は答えた。「失礼しました。優慈さんは無戸籍だったんです」

予想外の理由だった。

「先ほど、奥さんがよくこちらへこられていたと申し上げましたね。それは息子さんが無戸籍なもんで戸籍を作成することが目的でした」

「どうして優慈さんは無戸籍だったんでしょうか」

「出生届を出していないようでした」

「何か理由があったんですか」

「DVが原因で前の夫と離婚できていないということでしたが、詳しい事情までは」

長谷川は首を振る。

それ以上はわからなそうだ。それにしても豊島優慈に戸籍がなかったというがいまいちぴんとこない。

「息子さんは法律的に存在しないということでしょうか」

「そうなるかと思います」

「具体的には、戸籍がないとどういった不利益を被るんでしょうか」

「そりゃ、戸籍を伴う届け出全般ができません。絶対できないことでもありませんが原則、婚姻や住民票、パスポートだって作れませんよ。特に住民票は戸籍と紐付《ひもづ》ける必要があります。記載の正確性や二重登録の防止が目的です。そのため、基本的には無戸籍者には住民票を作成しないという運用をしておりました。さらに当時は住民基本台帳への記載が無いと国民健康保険にも加入できませんでした」

過去形の言葉が気になった。

「今は違うんですか」

「今は少し緩和されています。無戸籍になるケースが複雑であることが社会的に認知されてきましたからね。民法の七七二条はご存じですか」

「いいえ」

長谷川は手元のパソコンを操作し始めた。

「第一項、妻が婚姻中に懐胎した子は夫の子と推定する。第二項、婚姻の成立の日から二百日を経過した後、または婚姻の解消もしくは取り消しの日から三百日以内に生まれた子は、婚姻中に懐胎したものと推定する、というものです」

少し考えて疑問を口にした。

「二百日とか三百日とかで区切って子の親を決めて大丈夫なんですか。早産やいわゆる授かり婚の場合、第二項から漏れてしまいそうですが」

「その通りです。その場合は実の子であるのに法律上の子とはされません」長谷川は言った。「なにせこの民法七七二条は一八九六年、明治憲法下で制定されてから改正されていませんから。明治時代にも二百日以内に子が出生することも多く、たびたび問題となっていたようです。法律が制定された当時の科学技術では子供の正当な親を判断するにはこのような『時間』で推定するしかなかったのでしょうね」

血液型の遺伝法則やＤＮＡの詳細な調査が当たり前となった今、時代遅れの法律と言わざるを得ない。

「今の時代だとさらに問題となりそうですが」

長谷川は頷いた。「離婚調停が長引くなどして、実質婚姻関係が破綻している状況で、次のパートナーとの間に子供ができてしまうとこの規定に引っかかってしまいます。すると実の子であっても赤の他人がその子の法律上、推定される父となります。これを避けるために出生届を出せず、その結果無戸籍となった子供がとても多いことが発覚し、問題となったんです」

「そこで……」長谷川は視線を宙に走らせた。「あれは二〇〇八年頃でしたかな、この民法七七二条の規定に起因する無戸籍者に限り、戸籍作成のための手続きが進められている場合には、市区町村の職権で住民票の記載を行うことができるように総務省自治行政局が各都道府県に通知を発しました」

「それで優慈さんは住民票だけは作られたと?」

長谷川は心苦しそうに手のひらを振った。

「いえ。残念ながら豊島さんのご相談はこの総務省の通知よりも前のことでしたので住民票も国民健康保険もありません……。国民健康保険に関しては本来、無戸籍でも、住民票がなくても加入できたんです。しかし、多くの自治体では住民基本台帳への記載の有無で判断していました。事態を重くみた厚労省が『住民基本台帳への記載の有無は住所の認定にあたって有力な根拠ではあるものの、記載がないことのみをもって資格の有無を判断すべきでなく、事実の調査により確定するべき』という通知を出し、各自治体に周知、共有しました。豊島さんがこられていたのは、これより前のことでした」

「保険証も持ってない……怪我や病気の際の治療費は全額自己負担ということですよね」

「それだけではありません。保険証は無戸籍者にとっては公的な身分証になります。これで得るリターンはとても大きい」

そうか。住民票もないから住基カードもない。豊島優慈には身分を表すものが何もないということだ。

唖然としていると、長谷川は表情を曇らせて語り始めた。

「豊島さんの奥さんは息子さんのために本当によく足を運んでらっしゃいましてね。就学も諦めてしまう親御さんもいますが、豊島さんは懸命に交渉し、息子さんを高校まで進学させました。わたしどももなんとかしてあげたく、法務局や家庭裁判所にも相談しにいってもらいましたが、規則や慣例がどうにも妨げまして。月日ばかりが無駄に過ぎていきました……」

「その人の将来にかかわることなのに、もっと柔軟な対応ができなかったんでしょうか」

　長谷川は頭を振った。

「今でこそ緩和され、作成しやすくなりましたが、当時はかなり厳しかった時代です」長谷川は眼鏡のブリッジを押し上げた。「個人的に知り合いの弁護士にも相談したんです。すると、法律上の夫から嫡出否認をしてもらうか、内縁の夫から法律上の夫に親子関係不存在確認の訴えを起こしてもらうか、と提案されましたがいずれも法律上の夫と接触する必要がある事案でした」

「法律上の夫は協力してくれなかったんですか」

「豊島さんの奥さんがこの案を嫌がりました。彼女は暴力を振るう夫から逃げてきたと言います。会いたくなかったんでしょう。その時くらいは覚悟をしてはどうかと説得を試みたんですが……」

「できない、と？」

「はい。殺されてしまう、とのことでした」

　よっぽどのことがあったのだ。

「そんなにひどいDVだったのなら、弁護士に相談すれば直接交渉せずとも離婚できたのではないでしょうか」

「できたかもしれませんね。ですが、奥さんは否定的でした。法律上の夫に自分の気配を感じさせたくないようでした。『あの人はリスクを承知でどんな手を使ってでも追ってくる。せっかくの今の平穏な生活が台無しになってからでは遅いんです』と」

「相当なトラウマなようですね……」

「普段は温和で理性的な彼女でしたが、法律上の夫のことを口にすると取り乱してしまうんです」

長谷川は小さく首を振った。

「認知調停という方法もありました。子の実の父に対して認知を求める調停のことです。これであれば法律上の夫の関与なく子の戸籍をつくれるかもしれないということでした。しかし、これも裁判官によっては法律上の夫の証言が必要なケースがあるらしく断念しました。DVで離婚できなかったと言うけれど、豊島さん側の意見だけではやはり動きづらいですからね。奥さんが嘘をついていると捉えられる可能性だってある。実は浮気してできてしまった息子で、慰謝料を払いたくないから逃げてるんじゃないかってね。ここを通してしまうとそれこそ犯罪の温床になりかねませんから。

万策尽きました」

　わかる気がした。戸籍が後になって容易に得ることができないのには理由がある。外国人が日本人になりすますことや、日本人でも犯罪歴のある者や借金を抱えた者が別人になりすますことが可能になってしまう。

　出産後に戸籍の申請をしなかったことに、何かやましいことがあるということが透けて見える。だから関係機関とのやりとりは複雑で煩わしい手続きが多い。多大な時間と費用もかさむため、途中で断念せざるを得ない親も少なくないのだろう。

「結局、優慈さんはどうなったんでしょうか」

「他の自治体に移っていたらわかりませんが、少なくともこちらでは戸籍を作っておりません」

　豊島優慈について知れば知るほど複雑な家庭環境が浮き彫りになってくる。

「豊島一家の戸籍謄本や住民票など、証明書関係は何がありますか」

「そうですねえ」彼は言った。「まず一家とおっしゃられますが、ご夫婦は正式な婚姻をしておりません。お二人ともお亡くなりになっていますので、戸籍謄本は除籍謄本に、住民票は除票となっています。住民票の除票は令和元年の法改正で保存期間が百五十年になりましたが、それ以前の保存期間は五年であったため、恐らくもう手に入りません。除籍謄本については同じく平成二十二年に法改正されていますが、こちらは法改正前でも保存期間が八十年ですので本籍地の市区町村にお尋ねすれば見つかると思います。つまり、内縁のだんなさんはこちらで入手可能です」

「見せてもらうことは難しいでしょうか」

「個人情報となりますので……。照会書を出していただかないと」

「至急申請します」ふと思いついた。「息子の優慈さんは未成年だったはずなので後見人がつくと思うのですが、どうなっているかわかりますか」

「わかりません。ご夫婦には戸籍上、子供がいないことになっています。そのため、こちらでは把握できないんです」

戸籍がないため本人が申し出ない限り、対応のしようがないのかもしれない。だとしても、と思う。長谷川は豊島恵子に対し親身に話を聞いていたのだろうが、どこか保守的な一面を匂わせる。何度も息子を連れて訪れた母親に対し、息子の存在は知らないはないだろう。

豊島優慈はあの長屋を引っ越してどこに行ったのか。

新しく部屋を借りるには保証人が必要だ。彼にはそのような者はいない。住み込みの仕事にしたってまっとうな仕事を選ぼうとすれば身分証が必要だろう。

加集に電話を入れ、伊月はこれまでにわかったことを話した。

『無戸籍児、か』加集はつぶやいた。『おれもちょうど今、河合政雄と会ってきた。子供時代、津田宗一と仲の良かった友人は豊島優慈という名の少年で間違いないそうだ。よく化学実験をして遊んだと言っていた。離婚と同時に引っ越したため、その後、政雄は豊島優慈と会っていないらしい』

これで完全に津田宗一と豊島優慈がつながった。一方は焼死体で発見され、一方は無戸籍。二人の間にただならぬ事情が見え隠れするようだ。

「今のところ、津田の昔の友人というのが豊島優慈である可能性は高いと思っています」

『お前はこのことを係長に報告し、すぐに申請の手続きを踏んでくれ。おれもすぐに戻る』

「わかりました」

『聞く限り豊島優慈は形式上、社会的に存在しない人間だ。社会的身分がない以上、公的機関から見つけるのは難しいかもしれない』一呼吸置いて彼は持論を述べた。『無戸籍者についての情報を集める必要があるな』

伊月は早速電話で貝原にこれまでの経緯を報告した。

捜査関係事項照会書を申請し、正式な手続きを踏んで豊島秀一の除籍謄本を発行してもらうことになった。また東京法務局に対しても、豊島秀一とその妻恵子の死亡届の照会書を依頼した。

署に戻ると、伊月は早速無戸籍について調べた。

無戸籍に至る過程は様々なケースがあり、どれもが複雑なようだ。一辺倒の解決策では打開できないにもかかわらず、広く社会に問うことができない。戸籍が個人情報そのものだからだ。

ネットで検索すると無戸籍者を支援する団体をいくつか見つけた。また、無戸籍や社会に出ることに不安のある人向けのＳＮＳも開発されているようだ。今なお無戸籍で困っている人たちに対して支援の輪が広がっている。

豊島優慈の時代にこれらが充実していれば救われる人は多かっただろう。

やがて加集が戻ってきた。

捜査本部では依然宇山が否認しており、進捗はなかった。

「だめだな。決め手がない」貝原の顔には疲労の色が濃い。

「ポリ検はどうでしたか」加集が訊く。

貝原は首を振った。

事件立証の決め手に欠ける場合、被疑者が応じた場合に限り、ポリグラフ検査を実施できる。俗に嘘発見器とも呼ばれるが、事件に関わる事実関係を科学的に鑑定する装置だ。

今回主に採用されたのは緊張最高点質問法という手法だった。これはその時点で警察、真犯人、被害者しか知り得ない事柄をそれ以外の心理的緊張を生じない事柄と組み合わせて質問し、事実の核心に迫っていく手法だ。

結果は宇山が犯人ではないことを示唆した。

家宅捜索で押収した物からも手がかりはない。

宇山の勾留の期限が迫る中、手詰まり感が捜査本部を包んだ。

打つ手が無い状況で、加集、伊月の得た情報は一筋の光明だった。

貝原は言った。「津田宗一と関係があり、昔の友人と言うにはぴったり、か」自分に言い聞かせるように頷く。「よし、豊島優慈についてもっと調べてくれ。他も当たらせよう。あと、大阪府警にも協力を要請し、豊島秀一の内縁の妻、恵子の足取りを調べてもらう」

八章

後日、豊島秀一の除籍謄本が手に入った。

それによると、出生地が大阪で、彼は誰とも婚姻関係にあらず、子供もいないことになっていた。これまで得た情報と一致する。

法務局から豊島秀一と恵子の死亡届が確認できた。届出人欄を見ると、家屋管理人として東京医療総合病院の住所とともに病院長の名前が記載されていた。これは故人に届出義務のある親族がいない場合の処置だ。

気になったのは恵子の姓が松村《まつむら》となっていたことだ。

ここで大阪府警の協力を得て調査してもらっていたところ、豊島恵子は松村京也《きょうや》という人物の籍に入っていた。役所の長谷川が言っていた通り、事実離婚状態だったことが明らかになった。恵子はその後、秀一と出会い、生まれたのが優慈だ。

豊島優慈と津田との接点もおぼろげながらわかってきた。

恵子が足繁く役所に通っていた同時期に河合夫婦の離婚届が出されていた。当時の津田も役所を訪れていた可能性がある。

津田と豊島は近所同士。役所で出会ったかどうかは不明だが、それが縁で、どちらからか声をかけたとしても不思議はない。

加集と伊月は豊島の中学、高校時代を調べるため、彼が卒業したと思われる公立の母校の担任教師を訪問した。

中学時代、担任だったいずれの教師も言動が一致した。中学三年間を通して成績は優秀な部類に入り、努力家な一面もあったという。

中学の卒業アルバムを見せてもらうと、そこには小学校時代より大人びた少年が写っていた。当時の担任はこう語った。

「特に暗い性格だったとか、友達関係に悩むような生徒ではありませんでした。リーダーシップを発揮するタイプではありませんが、面倒見が良く、気さくでどんなタイプの子とも打ち解けられる生徒でしたよ」

高校時代でも印象は変わらなかった。

中退したため、卒業アルバムはなかったが、当時の担任である後藤《ごとう》は豊島のことを人好きのする好青年だったと話した。

「成績も優秀でした。わたしは一、三年生の時に彼を受け持ちました。うちの学校は一年生の時は文系理系問わず同じ授業を受け、二年生の進学時から文系コースと理系コースに分かれます。わたしは理系主任として彼の進路もみていましたが、非常に可能性のある生徒だったと記憶しています」

「彼の腕に古傷がありませんでしたか。右腕のこの辺りにこう十センチほどの」伊月が訊いた。

「ああ、ありましたありました。何針も縫ったような痕がありました。夏服になると腕を露出するので、目立つ傷痕だっただけによく覚えています」

高校生になっても傷痕があるなら今もある可能性が高い。彼を判断する外見的特徴だ。

後藤は本当に残念そうな表情で言った。

「友達にも好かれ、成績も上位にありました。ご家庭の経済状況があまり良くないと知っていて、国立の大学を志望しておりました。熱心で性格の良い子で……あんなことがなければ希望通りの進路を進んでいたはずです。教育者として、後にも先にも無念さが残ります」

後藤は何度か豊島を個人的に家庭訪問したらしい。しかし、いつ行っても留守だった。

「働きに出ていたのだと思います。わたしの携帯電話の番号を記した紙をポストに入れておいたのですが、結局一度も連絡はきませんでした」

責任感の強いタイプであれば人を頼ることもしづらかったのかもしれない。

どうにか彼を探す手がかりはないものか、後藤とともに加集と伊月は頭をひねった。

「豊島さんと仲の良い友人などはいませんでしたか」加集が訊いた。

「わたしも彼のことはずっと気になっていました。二年程前に卒業十年記念の同窓会があったので、生徒たちに彼のことを知っているか訊いてまわったんですが」

「その言い方ですと」加集は顔をしかめた。

「ええ、誰も知らないと……」後藤は言いよどんだ。「仲の良い友人はいたはずなんですが、彼の退学の理由があまりに衝撃的なものでしたので……。クラスメイトと別れの挨拶もろくにせずに辞めていったと記憶しています。彼も憐れみや同情はしてほしくなかったのでしょう」

両親が不慮の事故で亡くなるなど他人であってもショックは計り知れないだろう。

「誰でもいいです。少しは脈のありそうな人はいないですか」加集が催促する。

「お待ちください」後藤はスマホを取り出した。生徒の連絡先を見ているようだ。やがて手を止め、何やらつぶやき出す。「いや、待てよ。もしかしたら……」

加集がもどかしそうに訊いた。「どうしました」

「同窓会に出席しなかった生徒で佐々部《ささべ》彰良《あきら》という者がおりまして。あるいは彼なら豊島の行方を知っているかも」

「なぜそう思われるんですか」今度は伊月が訊いた。

「彼にとって豊島は親友というか、恩人のような存在だからです」言いながら携帯電話を操作する。「ああ、ありました。彼のメールアドレスです。メールを送ってみましょうか」

「ぜひ、お願いします」

伊月が答えると、加集が言った。「先に電話でお願いできませんか。そちらの方が早い」

後藤があっとした表情を見せた。

「佐々部は生まれつき聴覚障害がありまして。話せないんですよ。うちは何人もそのような生徒を受け入れております」

聴覚障害者が普通高校で健常者とともに学校生活を送るのは簡単ではないと想像できる。伊月は頷きながら先を促した。

「佐々部は当初、クラスの輪の外にいました。学力はクラスの中でも下位にあり、担任としてはなんとか彼に頑張ってもらいたい思いで取り組んでいましたが、なかなか上手くいきません。ですが、ある日の休憩時間、いつものように窓の外を見て時間を潰している佐々部に対し、豊島が声をかけたのです。手話を習いたいのだと。そうやって彼らは仲良くなり、豊島発信でいつの間にかわたしのクラスでは手話が流行りました」

当時を思い出しているのか、後藤は穏やかな笑みを湛えていた。

「クラスの連中は覚えた手話で教師をからかったりしましてね。わたしどもも多少は手話を知っていましたが、彼らの手話は本格的で何を笑っているのかわからない。それを機に教師たちも懸命に覚えましたよ。ともあれ、そういったことが佐々部をクラスの一員にした理由であることは間違いありません」

「豊島さんが退学してからはその生徒は？」加集が訊く。

「やはり意気消沈していましたね。その時には他にも仲の良い友達が何人もおりましたが、佐々部にとって豊島は特別な友人のはずです」

今の話を聞く限り、期待できるかもしれない。

「可能性ありそうですね」

伊月が言うと、加集は無言で頷いた。

今はわらをも摑む状態だ。後藤に佐々部との連絡をお願いした。

「では返事があり次第、伊月さんにご連絡致します」

署に戻ると大阪府警の門真《かどま》警察署の五十嵐《いがらし》という署員から電話があった。優慈の母、恵子が住んでいた家周辺の聞き込みで豊島一家の生い立ちがわかったという。

思ったより早い。意気込んで電話に出た。

「事件を担当している伊月です」

「伊月さんね」五十嵐はいかにもな関西風の口調で話した。「ええ、実はですね、豊島優慈の母、恵子が平成三年の八月にうちに被害届を出しとりました。そういうわけで思いのほか簡単に調べがつきましてん。後で報告書を送りますが、まずは先に耳に入れといてもらおう思いまして」

「ありがとうございます。助かります」

「加害者は恵子の夫、松村京也です。被害届と供述調書によると、当時、松村京也は酒癖が悪く、妻である恵子にたびたび暴力を振るっていたようです。まあＤＶというやつですな。堪《こら》えかねた恵子が何度離婚を申し出ても突っぱねられたみたいでね。いつしか激しい暴力に命の危険すら感じるようになり、逃げるように家を出たっちゅうわけです」書面を眺めながら話している様子で、詰まることなく五十嵐は語った。「恵子は婦人相談所に駆け込みました。そん時の保護証明書も出されているみたいですわ。そこで住み込みの仕事を斡旋してもらい生計を立てていたようです」

五十嵐は手元の飲み物を口に入れたようで、ふうっと息をつく気配がした。

伊月は聞きながらパソコンを操作した。婦人相談所とは配偶者暴力相談の機能を果たしている施設のようだ。事態はよほど深刻だったらしい。

「二年ほど経ち、恵子が平穏な日常を取り戻した時、豊島秀一と出会います。やがて、男児、優慈を出産しました」

伊月は時折、相づちを打ちながら先を促した。

「そんな生活もつかの間、秀一が仕事で家を空けている時に京也が恵子を訪ねてきました。興信所を使ったようです。暴力的な京也に対し、恵子は離婚を懇願するも激しく否定されました。挙げ句、恵子に背負われた生後間もない優慈に対し、京也は包丁を投げたんです」

「えっ」思わず声に出た。

「恵子は寸前でよけるも優慈の腕をかすめ、かなり出血したようです。恵子は肝を冷やしたでしょうね。優慈を抱えて命からがら逃げることとなりました」

なんて男だ、と思う。役所の長谷川に聞いた、恵子が事実離婚状態の夫に対するトラウマの理由がわかった。自分へのＤＶだけではなく、息子を殺されそうになったのだ。豊島の右腕に残る古傷はこの時のものか。

「この時、警察に事情を説明して被害届を提出したんですが、京也と結婚している身でありながら別の男との子を産んだ罪の意識が恵子を悩ませたらしいですわ。京也が暴力的になったのも、自分に非があったからかもしれない言うて、最終的に被害届は取り下げてます」

「本当にそうでしょうか。建前な気がします」

「同感や。結局のところ京也が怖かったんちゃうかな。情けない話ですが、警察を信用できへんかったんやと思います。罰を受けてムショに入ってもいつかは出てくる。そしたらいつまた襲われるかわからん。下手したら刺し違えてでも、と京也は殺しにくるかもしらん。それほど優慈を殺されかけたことがトラウマになったんやろうな」

小さくため息をつくとともに、書類を机に投げ出したような音が聞こえた。

「その後、松村京也についてはどうなったんですか」

通常、被害届を被害者が取り下げたとしても傷害事件であれば捜査は続けられる。五十嵐は、はい、と予想していたかのように言葉をつなげた。

「もちろん傷害罪で逮捕しています。それからも何度か酔っ払って交番で保護した記録が残ってましてね。地元の交番じゃあ要注意人物として誰もが知っていたそうです。仕事は日雇いの現場作業をやっておりました」

五十嵐は嘆息した。「ですが平成二十年の六月に肝硬変で亡くなってます。享年五十三歳ですわ」

京也が亡くなっていた？

伊月はメモを取りながら思考を巡らせた。この松村京也の死を豊島一家は知っていたのだろうか。計算すると豊島が十七になる年齢であり、両親が死亡した年だ。

最後に五十嵐は直接聞き込みをした結果を報告してくれた。

「豊島一家が住んでいたアパートで聞き込みをしたところ、被害届を取り下げて間もなく一家は引っ越してるんですわ。誰も行き先は知りませんでした」

「そのまま東京へと移り住んだのではないでしょうか」

「せやろなあ」と五十嵐は共感するように言った。「京也とは二度と会いたくなかった。せやから早く大阪を出たかったんやろう」

東京に引っ越した恵子は息子の優慈を連れて役所に足繁く通うことになる。

点が線となってきた。

「報告書は後ほど送ります。また何かわかりましたら連絡させてもらいますわ」

豊島優慈なる人物の生の一端に触れた気がした。彼は確かに生まれ、母に守られ生かされていた。

優秀な知性を持っていたにもかかわらず、社会からはみ出されてしまった悲しい人間。どのようにして生きているのか。

人生に悲観し、最悪の選択を取っていなければいいのだけれど。

豊島の高校の時の担任である後藤から連絡があった。例の佐々部について、彼から会ってもいいと返事がきたとのことだった。

伊月は加集とともに佐々部が働く職場近くのカフェで待ち合わせることになった。

しばらくして店内に色白の青年が現れた。

青年は室内をきょろきょろと見渡し、伊月と加集を認めるとやや首を傾げる様子を見せた。佐々部だろう。

伊月は手を振ってこちらに呼び寄せると頭を下げた。

「どうもお忙しいところすみません」

声にしてから思い出す。聞こえていないかもしれない。慌ただしく手帳を見せると彼はにっこりと笑った。

「はじ、め、まして。佐々部、彰良です」

たどたどしい口調だったものの、爽やかな印象を受ける。

事前に後藤から聞いていた話ではこの近くのＩＴ系の会社でプログラマーとして働いているらしい。

さて、どうやって会話をしていこうかと考えていたところ、彼はＡ４サイズの黒いボードとペン、ノートパソコンを取り出した。

さらさらと何やらボードに書き込む。

『わたしは会話が不自由です。筆談でもいいですか』

「もちろんです」

伊月が言うと、佐々部は頷いてみせた。

多少の言葉は唇の動きを見ているのか通じるようだ。

彼はボードの側面にあるボタンを押すと、先ほどの書いた文字が消去された。なるほど。これは便利だ。

佐々部がボードとペンを差し出し、どうぞ、と言わんばかりに手のひらを向けた。

続いて彼はノートパソコンを開き、ワードを立ち上げた。彼の方はノートパソコンで打つらしい。

伊月は書いた。『豊島優慈さんをご存じですね。彼を探しています。彼が今どこにいるか知っていますか』

佐々部は画面がこちらに見えるようノートパソコンを置き、タイピングした。

『わかりません。わたしも探しているのですが……』その表情は申し訳なさそうだ。

これには加集も落胆の吐息を漏らした。

伊月は少し考え、こう書いた。

『彼と最後に連絡を取ったのはいつ頃ですか』

『もう十年以上連絡できていません。彼が高校を中退して、二、三年ほど連絡を取っていましたが途絶えてしまいました。彼は携帯電話を解約してしまったようです』

佐々部とのやり取りは二十歳頃まで続いていたということだ。多少だが、豊島の痕跡を辿《たど》れそうだ。

気になったのは携帯電話を解約したことだ。それまでは親名義で契約していたものを親が死亡した後も代金を支払い続けることで使っていたのだろう。だが、一度解約してしまうと身分証のない豊島が契約するのは難しいのではないか。

『高校を中退した彼はその後、何をしていたのですか』

『アルバイトを掛け持ちして働いていると言っていました。彼は』とそこまで打って、何かを逡巡《しゅんじゅん》するように佐々部の手が止まった。

彼は？

やがて再び動き出す。

『無戸籍だったから』

豊島への気遣いから手が止まったのだろう。佐々部の誠実さが伝わる。

「大丈夫です。あ」伊月は慌ててペンを持った。『大丈夫です。我々は知っています』

佐々部は頷いた。

『他に彼について知っていることがあれば教えてください』

『ゆうじは引っ越しと飲食店のバイトをしていました。より高収入の仕事をするため、正社員になれる仕事を探していました。だけど、だめでした。社会保険に入っていないからということです。そこで彼は就籍の手続きを役所に申し出ました。時間がかかり、なかなか申請は通らず、彼は自暴自棄になっていきました』

伊月は加集の方を向いて言った。「就籍ってなんですかね」

「無戸籍の人間が戸籍を新たに作る手続きのことだ。両親がいない豊島にとってこの方法しかなかったんだろう」

加集の口元を読み取ったのか佐々部は頷いた。

『ゆうじは市役所や家庭裁判所を駆け回りましたが、結局申請はおりなかったみたいです。わたしも調べてみましたが、成人者の就籍はとてもハードルが高いようです』

豊島は正社員として働く場所を求めていたが、それは叶《かな》わなかったということか。

佐々部はさらにキーボードを打った。

『彼の人生には無戸籍であることがいつも付いて回りました。戸籍がないゆえに当たり前の権利が与えられず、差別と偏見にさらされていました』

さらに彼は打つ。心なしか打つ速度が上がっている。『それからです。彼と連絡が取れなくなったのは。精神的にも肉体的にも限界だったのかもしれません。彼は無戸籍というだけで通常なら考えられない多くの不利益を被ってきました。わたしは力になれず本当に歯がゆい。高校に入って間もない頃、あんなに助けてくれたのに。ゆうじは本当に良い奴です。耳の聞こえないわたしに色んなことを伝えてくれた。発話が苦手なわたしの言葉を辛抱強く待ち、受け止めてくれた。そして、未来は自分の手で切り開けるということを教えてくれたんです。そんな彼にどうして世間は冷たいのでしょうか。彼は何も悪くない、のに』

最後の「のに」はそれまでに比べてとてもゆっくり打たれた。佐々部の友を思う感情の発露だった。

まだ何かを打とうとして彼は止めた。伊月たちに向けても意味がないとでも思ったのかもしれない。

大きく息を吸い、ゆっくり彼は打った。『すみません』

『いえ、色々教えていただき、ありがとうございます。大変参考になりました』

佐々部は鞄を手に取り、中から紙を複数枚取り出した。

『これはわたしとゆうじがやりとりしていたメールの一部で今お話しした内容のところです。筆談だけでは伝えづらいこともありますのでプリントアウトして持ってきました。彼が抱えていた問題はなかなか理解できるものじゃありません。でも彼の実際の言葉を通して感じ取っていただきたいです』

『拝見致します』

伊月は頭を下げて受け取った。

メールは豊島が高校を辞めた直後からのようだ。加集とともに読んでみる。

二〇〇八年九月四日　二十時三分

彰良：大丈夫？

優慈：大丈夫だよ。今日、家に帰ったら後藤から連絡先が書かれたメモが入ってた。『困ったことがあればいつでも連絡くれ』だって。ここまで心配してくれるなんて、良い先生だよな。まあ、でもおれは大丈夫。今のところバイトで稼ぐ金でなんとかなってるし。

結構いいんだぜ。学校に行ってる時間働いているとかなりもらえる。

ただ、大学くらいは行ってみたかったなー。

彰良：おれも力になるよ。何か困ることがあったら言って。

二〇一〇年三月十八日　十六時二十分

彰良：久しぶり。元気？　卒業したよ。

優慈：おー久しぶり。おれは元気でやってるよー。彰良は？　あ、それと卒業おめでとう。

みんなは大体進学なんだろうな。おれは一足早く社会人生活満喫してるよ。

まあ、フリーターだけど笑

彰良：元気だよ。明法大《めいほうだい》の工学部情報工学科に行くことになったよ。

優慈：そうか、明法大受かったんだ。すげえよ彰良。

情報工学を選んだのは良かったと思うよ。お前タイピング速えし。お前にとって働きやすい分野だとも思う。それに今後ますます需要ありそうな分野だしな。

それにしても憧れのキャンパスライフかあ。うらやましいぞっ笑
彰良：優慈が本気になればきっと僕より良い大学に入れるよ。優慈の方が頭良いから。

今からでも間に合うんじゃない？　一浪くらい普通にいるし。

優慈：おれの方が成績良かったのは二年の途中までだろ。三年になったら絶対逆転されてたよ。飽き性だしさ、おれ。まあ、おれはおれで楽しくやってるから気にするな。

実は最近彼女もできたんだ。同じ飲食店で働いてる先輩。いいだろ笑
お前も早くできるといいな笑

二〇一〇年十月二十日　十九時八分
彰良：元気？　こっちは楽しくやってるよ。
優慈：久しぶり。こっちも順調だよ！

そうそう、前からやってる飲食店のバイトだけど、今日、社員の人から正社員にならないかって言われた。おれのパソコン操作とか機転の利かせ方が良いんだってさ。大学生の先輩もいるけどあいつらよりよっぽど優秀だって。ここだけの話だぞって小声で。めっちゃうれしい。

あ、でもおれ戸籍ないから大丈夫かな。

二〇一〇年十月二十三日　〇時十分

彰良：調べてみた。親がいない無戸籍の人は就籍って手続きすれば戸籍が作れるみたい。結構条件厳しいかもしんないけどやってみる価値はあると思う。

優慈：調べてくれてありがとう。就籍っていうのは知らなかったな。これで戸籍が手に入れば健康保険証も手に入るし、色んな資格も取れるってわけだ。マジでありがとう。久しぶりにわくわくしてきたよ。

早速役所に行ってくる。

二〇一〇年十月二十四日　十六時三分

優慈：役所に行ったら家庭裁判所に行ってくれってさ。結構複雑みたい。

二〇一〇年十月二十六日　十四時十五分

優慈：家裁で申立てしてきた。なんか日本人であることの証明が必要とか言われた。
彰良：両親ともに日本人じゃん！　簡単じゃないの？
優慈：そうなんだけど……。おれと両親との関係を示すものが何もないから。
窓口の人が言うには、これから色々必要な書類を提出して精査されるとのこと。
もう専門用語ばっかりで何言ってるかよくわかんねえし。まあ、戸籍がもらえれば何でもいいけど。
彰良：戸籍、もらえるといいね！　何か困ったことがあったらいつでも連絡して。

二〇一一年一月三十日　十四時三十二分

彰良：その後、どう？

優慈：ああごめん、就籍だめだった。書類を作ってもらうのに金が結構かかったんだけどな。指紋まで採られたんだぜ。なんか犯罪者みたいだなって驚いた。それでも戸籍が欲しいから我慢したんだけど、いっぱい審議された結果、だめだって。両親との関係を証明できないのが問題らしい。どうなってんのこれ。そもそもなんで国や役所はくる者にしか対応しないんだろ。こんなことは向こうから積極的に支援なり対応するべきじゃないのか。おれみたいなやつ他にもいるだろうに。もうどうでもいいやってなってる。

彰良：そっか、残念だったね。せっかく調べてくれたのにごめん。また別の方法探してみる。

二〇一一年四月五日　二十一時四十分

彰良：元気？

優慈：なんとか元気だよ。ちょっと不注意で事故ったけど笑

彰良：えっ、大丈夫？　どんな事故？

優慈：自転車こいでたら車と接触した。マジびびった。車そのまま走ってくし。とりあえず左足のくるぶしの出血がひどかったから病院行ったら縫わなきゃいけな

いって。あと、あばらも亀裂骨折っていう笑
マジ最悪だよ。でも治療費かかるしな。なんとかごまかして応急処置的にテープもらって帰ってきた笑
彰良：それ相手犯罪じゃん。怪我マジで大丈夫？

優慈：まあ、なんとかなるだろう。

それより正社員の件、やっぱり戸籍がないとだめっぽい。戸籍そのものが必要じゃなくて社会保険とかそういうのに入ってないとだめなんだって。色々難しいな。

彰良はどう？　大学楽しい？

彰良：今プログラミングを勉強してるんだけど、覚えることが多くて大変。

優慈は？　彼女と上手くいってる？

二〇一一年四月八日　一時三十七分

彰良：？
優慈：ああ、ごめん。実は別れたんだ。向こうの両親が無戸籍者なんてだめだって。
おれの人生、戸籍一枚ないだけで本当に終わってる。

彰良がうらやましいよ。耳が聞こえない以外、他は全部そろってるだろ。彰良の声はなかなか人に届きづらいかもしれないけど、おれなんて存在すら認めてもらえない。もしかして本当に存在してないのかな。

優慈：ごめん。言うべきじゃなかった。彰良も苦労してるのにな。

彰良：そんなことないよ。ゆうじはちゃんと存在してる！　もっと考えれば何か手があるはずだよ。おれも調べてみる。

二〇一一年五月十三日　四時二十一分

彰良：遅くなってごめん。無戸籍者の支援団体があるみたいなんだ。ちょっと遠方だけど、コンタクトとってみようか？

二〇一一年八月六日　二時二分

彰良：元気？　面白いアイディアを思いついたんだ。

——User unknown

就籍も取れない、怪我をしても自然治癒、恋人との理不尽な別れ、いずれも戸籍があれば経験することのないことだ。

伊月は読み終えると、用紙をテーブルに置いた。加集も言葉が出ないといった様子で黙っていた。

佐々部がキーボードを打ち出した。

『それから彼とは音信不通です。家にも行ってみましたが、もぬけの殻でした。なんとか彼を見つけてほしいです。そして、力になれなかったことを謝りたい……』

佐々部はこちらに向き直り、声を発した。

「よろ、しく、おねが、ぃ、します」

伊月は書いた。『全力を尽くします』

高校時代の彼らの担任である後藤は言っていた。他の友人たちは豊島とは連絡を取れていないようだと。豊島かクラスメイト、どちらから距離を置いたのかはわからないが、佐々部とは比較的長く連絡を取り続けていた。これまでの文面から伝わるように佐々部の豊島に対する思いは深そうだ。

再び彼は打ち始めた。

『ゆうじと連絡が取れなくなって、色々な方法で彼を探しました。でも十年以上見つけることができていません』

「一人で探すのはなかなか厳しいだろうな」加集が声に出した。

すると、佐々部はスマホを取り出し、その液晶画面を見せてくれた。

最初は何を見せられているのかわからなかった。

佐々部が画面をスクロールし、全体像が把握できると徐々に理解できてきた。

「これは……」

『わたしが開発したんです』

九章

宇山は否認し続けており、間もなく勾留期限切れで釈放されることが決まっていた。

捜査本部ではケミカルフロンティアの人間のさらなる調査を進めるのと並行して、豊島優慈の捜索にも注力している。大阪府警の五十嵐から送られてきた資料が共有された後、加集と伊月の組も捜査報告を行った。

豊島は二十歳頃まで生存が確認されていて、存命なら今年で三十一歳になる。

それを受けて、貝原は別の捜査員に指示した。

「ここ十一年の間に豊島に適合するような身元不明の男性遺体がなかったか調べてくれ。佐々部との連絡を絶った後、豊島が自殺を図った可能性もある。ちなみに去年の都内だけで身元不明遺体は百体を超える。それがここ十一年間だからざっと千百体だ」

伊月としてはこれまでの聞き込みから豊島の人となりを知り、彼には生きていてほしかった。あまりに不憫過ぎると思ったからだ。

加集が長時間、電話で話し込んでいた。電話を切ったところで呼ばれる。

「知り合いの弁護士に戸籍について聞いてたんだ。無戸籍である豊島の置かれた境遇について知る必要があると思ってな」加集は言った。「戸籍とは個人と家族をめぐる重要な情報が記載されたものであり、日本人であることを証明する公文書だ。無戸籍についてはケースが少ないからか専門家も少なく、弁護士や自治体の人間もよくわかっていない者も多いらしい。そりゃそうだろうと思う。一般人も日常生活において戸籍を意識する機会などそうない」

「大切なことなのに矛盾しているような気がしますね」

「無戸籍者が戸籍を申請する際、対応する担当者の裁量によるところもある。同じケースでも戸籍がもらえたり、もらえなかったりするようだ。豊島は不運だった。なまじ能力が高いとその分、絶望も大きい。死にたくもなる」

他人事《ひとごと》のような言葉に思わず口をついた。

「そんな。豊島は生きる資格がないと言っているみたいじゃないですか」

「現実だ」

冷たく言い放つ加集の表情には影が差していた。

伊月は唇を噛んだ。

豊島の足跡をたどっていくうちにひどく思い入れが深くなっている。この事件、迷宮入りはさせたくない。

しばらくして、伊月は加集とともに貝原に呼び出された。

貝原は冷静に言った。「豊島優慈が見つかった」

「本当ですかっ」

「かつて住んでいた家近くの納骨堂だ。それも二年ほど前にな」

貝原は詳しく説明した。

豊島秀一と恵子の遺骨の場所を探している捜査員がいた。墓地も調べるつもりだったが、当時の豊島家の状況などを勘案するに墓を持っている可能性は低いと考え、まず納骨堂を優先して調べた。すると、ある納骨堂で豊島秀一と松村恵子の遺骨を安置していたという。過去形なのはすでに合祀されていたからだ。

「合祀？」

「他の人の遺骨と一緒に埋葬することだ。納骨堂は多くの遺骨を安置しているからな。収容にも限界があるから、一定期間を過ぎると合祀にて埋葬するんだそうだ。そこでは十三回忌を超えると合祀されるらしい。で、豊島秀一と恵子が亡くなって十三回忌の今から二年ほど前の八月、合祀される前に一人の男性が法要に現れた」

伊月は固唾を呑んだ。「その男が豊島優慈……」

貝原は頷いた。「その納骨堂ではお参りの際、寺院の人に挨拶をするのが通例だそうだ。担当者は男の名前までは覚えていなかったそうだが、腕に古傷があったことを覚えていた。断定はできないが豊島だろう。念のため、身元不明遺体の調査は今から二年前までで指示し直したところだ」

把握している限り、豊島が精神的に追い詰められていたのは佐々部彰良と連絡が取れなくなった直後だろう。それを乗り越え、二年前に両親の供養に訪れたのなら、今も生きている可能性が高い。

「津田と豊島の再会が現実味を帯びてきたということですね」加集が言った。

貝原は頷く。「そこでだ。先日、新宿区で傷害事件が起きた。ホストが若い女性客に刺された。女は常連だったらしいが、ホストが別客に応対中のところを店に乗り込んできて、足をブスリ、だとさ。逆恨みだな」

「嫉妬に燃えた女性が好意を寄せていたホストを刺した、ということですか」

加集の問いに貝原は頷いた。

話の方向性がまったく見えない。首を傾げていると、

「取り調べをした担当者の話ではな、そのホスト、無戸籍だったらしい」

「えっ」

貝原は口角を上げた。

「名前は斎木隆平《さいきりゅうへい》、年齢は三十一歳、独身だ。偽名の可能性は大いにある。お前たち、行ってくれるか」

加集と伊月は荒川《あらかわ》区の西日暮里《にしにっぽり》に出向いた。

下町の風情が色濃く残る街並みを歩いていると、目的の住所に着いた。マンションは比較的新しくはあるが、ちんまりとしたシンプルな造りだ。

エントランスのインターホンの前で伊月は緊張した。豊島がいるかもしれない。一度深呼吸をして部屋の番号を押す。

誰も出ない。

「外出中ですかね」

「足を刺されたということだからそんなに遠くには行ってないだろう。まさか仕事でもあるまい。ちょっと待つか」

近くの交差点付近にカフェがあった。

「あそこで時間を潰そう」

エントランスを出ようとした時、車椅子の男性がちょうど入ってこようとした。見た目は三十歳前後に見える。

加集が顎で差した。

それを合図に伊月は声をかけた。

「ちょっとすみません」

自動ドアをくぐる前で車椅子の男がこちらを振り返る。

「はい？」

「もしかして、斎木隆平さんでしょうか」警察手帳を見せた。

「え、いや。違いますけど。森長《もりなが》です」彼は目をぱちくりさせた。

ハズレだろうか。

「身分証などお持ちではないですか」

「あ、はい」

彼は自動ドアから数歩分戻り、財布から運転免許証を差し出した。

森長陽司《ようじ》、二十八歳とある。

「ちなみに足は事故かなんかで？」伊月は訊いた。

「ええ。酔っ払って階段から落ちた弾みで」森長は笑いながら後頭部を掻いた。

「それは大変でしたね。お大事になさってください」

伊月が礼を言い、加集とともにエントランスを出た直後。

進行方向を、松葉杖をついた茶髪の男がこちらを振り返りながら慌てて小道へと引っ込むのが見えた。

「追うぞ」

「はいっ」

加集と伊月は同時に駆けだした。

茶髪男が消えた小道に入るとすでにその姿はない。

住宅街で、右手には白を基調とするアパートと公園、戸建てが並んでいる。左手には小さな飲食店、茶色を基調とするアパート、戸建てが続くといった様子だ。

「杖をついてたんだ。そう遠くに行ってない。探すぞ」

通りに注意しながら二手に分かれて探すことになった。

伊月は先に飲食店に入った。

「今、茶髪の男が入ってきませんでしたか」警察手帳を見せて訊いた。

店員の女性が驚いた表情で答えた。「い、いえ。きませんでしたけど」

次に公園へと向かった。ブランコ、シーソー、滑り台、土管がある。土管を覗いてみた。誰もいない。

となると、残るはアパートか。

二棟あり、どちらも四階建てでエレベーターはなく、外階段が見える。白い方は築年数も経っていてオートロックではない。隠れようと思えばどの階にも潜り込める。茶色い方のアパートの近くにいた加集が叫んだ。

「おれはこの茶色いアパートを探す。おまえはそっちの白い方を頼むっ」

伊月は指示に従い、白い方のアパートを一階から見ていく。手すり壁の内側に隠れているかどうかは外廊下を一見するだけでわかる。これを順に見ていけばいい。

三階までを見終わった。誰もいない。

だいぶ息が上がっていたので、少し息を整えて四階に上がる。口が乾くのを覚えながら外階段に出た。

――いない。

加集の方が当たりか。階段から茶色い方のマンションを見てみるが何も変化がない。それどころか加集がいる気配もない。

疑念を抱えたまま一階まで降りたところでスマホが振動した。加集からだ。

「斎木を見つけた。すぐにきてくれ」

加集は斎木のマンションのエントランスにいると告げた。

事態が飲み込めないまま伊月は斎木のマンションに向かった。

エントランス前のベンチに松葉杖の茶髪男が座っており、その正面に加集は腕を組んで待っていた。

「遅いぞ」

「す、すみません」息を整える。「でも、一体どうして」

「土地勘のないおれたちはすぐに撒かれると思ったんでな。おれたち二人がアパートを探していると思わせておけば、こいつはのこのこ出てきて自分のマンションに戻る。だからずっとここで待っていた。そしたら案の定というわけだ」

そうか。加集はわざと大きな声で指示を出した。もともと茶色い方のアパートを探すつもりはなく、自分をおとりにしていたというわけか。

「さて、訊かせていただきます。なぜ逃げ出したりしたんですか」加集は茶髪男に近づいて訊いた。

茶髪男はうつむいたまま、答えた。「特に、理由はありません」

声質はやや高めの中性的トーンだった。長い前髪で表情は見えない。

「何かやましいことがあったんじゃないですか」

「……何もしていません。本当です」

「悪いことをしていないのに逃げたのですか」

これに対する返答は遅れた。

「逃げたというか、あまり関わりたくないと思って」

「その理由は?」

「……警察は苦手です」

一般市民でも警察官に嫌悪感を抱く者は多い。何も悪いことをしていないのに挙動不審になってしまう者もいる。伊月は努めて穏やかな口調で言った。

「職務質問させてください」

名前と年齢、住所を訊くと、こちらが得ている情報と同じことを彼は告げた。

「免許証はお持ちですか」

「ありません」

「他に身分を証明するものはないですか」

斎木は財布を取り出し健康保険証を出した。

問題ないことを確認し、加集に目配せする。保険証を返した。

「一体、なんなんでしょうか」

初めて斎木と目があった。お互いの探るような視線が交錯する。

やや垂れ気味の目。その目に光はない。沈んだような憂いのある瞳だった。丸みを帯びた輪郭に顔色は青白い。あまり健康的とは言いがたい。

小学校、中学校時代の豊島とは少し異なる気がするものの油断はならない。

「大変失礼しました。少しお話を聞かせていただきたくて参りました」加集は頭を下げた。「実は現在捜査中の事件で無戸籍の人物が関わっている可能性がありまして」

「僕が疑われているんですか」斎木は眉を寄せた。

「いえ。決してそういうことじゃありません。無戸籍の人物がいかなる人生を歩んでこられたのか、参考までにお聞かせいただきたく参りました。あまり同様のケースがないもので。ただ、斎木さんの挙動を不審に思ってしまったので、つい職務質問をかけてしまった次第です。すみませんでした」再び加集は頭を下げた。

彼の機嫌を損ねるわけにはいかない。伊月も頭を下げる。

斎木は値踏みをするような視線を向けた後、小さく鼻から息を吐き、垂れた長い前髪を横に流して言った。

「ここじゃなんですから中でどうぞ」斎木はオートロックを開け、手のひらを向けた。

伊月たちは五階の1LDKの間取りのリビングに通された。

室内はきれいに整頓されている。生活用品は最低限のものしか置いておらず、一人暮らしにしては広く感じた。

「良いお住まいですね。お一人で？」加集が訊いた。

「そうです」

彼は室内では松葉杖を置き、足をやや引きずりながら歩いた。

「足の方は大丈夫ですか」伊月は心配して声をかけた。

「ええ。外出する時はまだ怖いので杖があった方がいいんですが、部屋にいる時はない方が動きやすいので。お茶でいいですか」

「おかまいなく」

斎木はキッチンに立ち、冷蔵庫からお茶を取り出した。

改めて見渡すと本当に余計なものはない。男の一人暮らしにしては掃除も行き届いている様子だ。

「何もありませんよ。趣味らしいものもありませんからね」

彼がお茶を運びながら言う。無神経にまじまじと室内を見てしまっていたことも含めて「すみません」と頭を下げた。

斎木もテーブルについた。

「先日は大変でしたね」包帯の巻かれた足を見ながら伊月は言った。

「こういう客商売をしてますと時々あります。見た目ほど重傷でもないんですよ。ちょっとかすった程度です」

「仕事中に襲われたとか？」

彼は小さく笑みを浮かべた。「言葉にするとその通りなんですが。彼女も本当に傷つける気はなかったんですよ。僕が鈍くさかったせいもあって……まあ、事故みたいなもんだと思っています」

聞いていた事情と少し違うようだ。襲ってきた女性客に対して憎しみなどはなさそうに見える。

「実はその時、取り調べをした新宿署の者から斎木さんが無戸籍であることを聞きました」

「はあ」

「差《さ》し支《つか》えなければ、無戸籍である斎木さんがどのような環境、ご家庭で育ったか教えていただけないでしょうか」

「どのような家庭、ですか」彼は手元のグラスに視線を落とした。

考え込むように、そのまま固まってしまった。

「どんなことでも結構ですよ」伊月は斎木をリラックスさせようと笑みを浮かべる。

「あまり、話したこともないことですので。どういったところから話せばいいやら」

彼はお茶を一口飲んで言った。「僕には父はいません。物心ついた時から母一人で育てられました。その母も実の母親かどうかわかりませんが」皮肉めいた笑いだった。

「どこにお住まいに?」

「埼玉にある蔵丘《くらおか》地区です」

蔵丘。今までの捜査で出てこなかった地名だ。やはり別人か。

「関東ではドヤ街として知られていますよね」同意を得るように斎木は言うが、伊月にはぴんとこない。

加集が補足してくれた。

「日雇い労働者が多く住み、今も多くの在日の外国人が住む街だ。東京の山谷《さんや》地区、大阪のあいりん地区、横浜の寿町《ことぶきちょう》と並ぶほど有名だ」

斎木は頷く。「今でこそ格安で泊まれるという理由で外国人観光客が訪れたり、昭和の雰囲気が残っているということで散策する人も多くなりました。治安も聞くほどには悪くありません。一部では新築マンションも建ち始めているようですが、僕が子供の頃、街はもっと汚くて怖い人も多かった」

「どういう感じの人がいたんですか」

「昼間から酒に酔って喧嘩を始めたり、突然奇声を上げて襲いかかってきたりです」

斎木は薄く笑った。「もうめちゃめちゃですよね。よく、子供が信号を渡ってこちら側にこようとするのをその母親に咎《とが》められているのを見ました。こう言ってたんです。『あの信号より向こう側へは絶対行っちゃだめ』ってね」

「初めて知りました。都心へのアクセスが良さそうなのに」率直な感想だった。

「ベッドタウンの影の部分ですよ」斎木は穏やかに言った。「そんな地区の小さいアパートに住んでいました。いつも母に罵られていましたよ。お前なんか産むんじゃなかったって。僕がいると母の仕事が上手くいかなかったようです。寒い日だろうが、雨が降っていようが、知らない男の人が部屋にくるたび、外に出されていました」

彼の力のない表情、視線を落として話す仕草がいっそう過酷な幼少期のもの悲しさを引き立たせている。

「友達や他に頼れる人はいましたか」

斎木は首を振る。「学校に行っていませんでしたから友達はできませんでした。僕には戸籍がないので学校には行けなかったんです」

やはり豊島優慈のケースとは異なる。彼は無戸籍でも高校まで通うことができた。

「無戸籍でも就学はできると聞きました」

「そうみたいですね。母は自分が捕まるとでも思っていた節があります。子の出生届を出さず、戸籍登録をしていないことが恐らく、罪になるとでも思ったのでしょう」

一呼吸、間を置いた。「気になって図書館で調べたことがあるんです。無戸籍の問題について。親が自治体と懸命に交渉してやっと住民票や健康保険証、児童手当などの権利、健康診断や予防注射などの行政サービスが得られるみたいです。自治体ごとに対応が違うようですが、詰まるところ親の気持ち次第なところがあると思います。でも、僕の母は何もしなかった」

彼の悲しげな視線がまた床に落ちた。

沈黙の後、彼は口をついた。「戸籍ってなんなんでしょうか。紙切れ一枚で僕は社会的に存在しない人間でした。何も罪を犯していないのに、罪を犯したかのような視線を浴びます。通常、生まれた子供はその親の戸籍に記載されます。出生届を役所に提出するだけで登録が終わる。簡単です。それだけのことなのに……」

彼は口を歪めた。

「では、他の子が小中学校に通っている時はずっと家に?」

「小学校の間はそうですね。読み書きと簡単な算数くらいは多少母が教えてくれました。でも一人で勉強している時間が圧倒的に多かったように思います」

斎木の下を向いた長いまつげが憂いを醸し出している。およそ一般的ではない幼少期を過ごし、孤独という概念が体に染みついてしまっているみたいだ。

斎木は続きを話した。

「体の成長が早かったものですから中学の頃には年齢をごまかして日雇いのバイトを始めました。大半は母に取られてしまってましたが、お金が手に入るのはうれしかったですね。十六になるともう少しわりのいいバイトができるようになって、がむしゃらに働きました。経済的な事情ももちろんあるんですが、自分の力で金を稼ぐのが楽しかった」

「貯めたお金で何か買ったりしたんですか」

伊月が訊くと、斎木の表情が途端に曇った。

「母が蒸発したんです。それまで貯めたお金は当面の生活費を残してほとんどありませんでした。きっと男と一緒に行ったんでしょう」

「最低だな」加集が声に出す。

伊月も怒りを覚え、拳を握った。自分が産んだ子供を置いていくなんて。

斎木は苦笑する。「こうなるともはや実の母親かどうか怪しいですよね。どこかに実の母がいる、そう思うことが当時の僕のささやかな希望でした」

「それからどうしたんですか」

「夜の仕事をしました。単純に働きやすかったからです。最初はラブホの清掃員をやり、後に風俗店の呼び込みを始めました。二十歳を過ぎた頃に今の仕事を見つけました。僕のような人間には身分証明が不要な限られた職業しかありませんから。これまでいろいろありましたけど、なんだかんだこうやって生きてます」

「戸籍を取ろうとは思わなかったんですか。就籍という申請方法があるようです」

「一度家裁に戸籍がもらえるか相談に行ってみたんです。まるで犯罪者を見るような目で見られました。指紋を採らなければいけないと言われ、とても悲しい気持ちになったのを覚えています。結局そこで断念しました。担当者曰く、たとえ手続きが進んでいったとしても、僕が日本人であることの信憑《しんぴょう》性が低いから就籍は難しいだろうということでした。日本で生まれ、育ったのに。一体どうやったら認めてもらえるんですかね」自嘲するような笑みだった。

先ほど加集が言ったように蔵丘には多くの在日外国人が住んでいるのだとすると、この斎木の母親も日本人ではない可能性もある。恐らく担当者はそう判断した。父親が日本人であればいいのだろうが、父親について全く知るところがないのであれば日本人である証明は相当難しいのかもしれない。ただ、豊島の件で佐々部が調べたように、申請者が成人の場合、そもそもハードルが高いのが現状のようだからなんとも言いがたい。

「ご自分の境遇をどう思いますか。蒸発したお母さんを恨んだりは？」

この問いに対する反応は少し遅れた。

「境遇、ですか。最初はそういうもんだと思っていましたが、戸籍がないことが原因でこんな生活を強いられているんだと知ってからはよく風呂場で泣いてましたね。親のせいで戸籍がないのになんで自分がこんな目にあうんだって。法律そのものがおかしいだろって。だから世の中全部を憎んでいました」その表情は怒っているというより悲しげだった。「でも時々不意にこの世界が嘘なんじゃないかって思うことがありました。だってあまりに周りとの境遇に違いがありすぎましたから」

彼は窓の方を向いて言った。「母に対してはなんの感情もありません」

その横顔は美男子と言っていい。しかし、陰りがあり、どこか陰鬱した表情が妙に心に残る。

童顔、というか垢抜《あかぬ》けていない。仕事に行く時はさすがに整えていくのだろうが、素顔は実年齢よりもだいぶ幼く見える。少年っぽい。長い間、日の当たらないところで自分を抑えて生きてきたことが表情の変化を奪い、加齢による表情筋の皺を希薄にしたのかもしれない。

伊月は斎木との間に境界線があるような錯覚に陥った。同じ日本に生まれて育ったのに生きてきた環境がまるで異なる相手。斎木の生きた経験が伊月にそう思わせた。

おもむろに彼は口を開いた。

「戸籍がないということは社会からはその存在を認められていないってことでしょう。実際、自分が本当は存在していないんじゃないかって思うことがあるんです。仕事が終わって一人の時間を過ごす時、よく考えました。今こうやって動いて息をしているのは誰なんだろう。誰も存在を知らないのだからそれはやはり存在していないのと同じことなんじゃないかって」

穏やかで静かな口調なのに、どこか口を挟めない凄《すご》みがあった。相づちすら打てず、ただ彼の次の言葉を待っていた。

「戸籍のない僕は社会の底辺とかそういう次元じゃないんです。社会という枠組みから外れたところで生きているんです。僕は幸運にも今の職に就き、それなりの収入を得ることができています。でもそうでなかったらとっくに野垂れ死んでいたかもしれません。それにこんな商売ですから将来は不安なままです。いつか自分が死んだら氏名不詳とか身元不明遺体ってニュースで扱われるんでしょう。そして誰の記憶にも残らない。僕は存在しない人間ですから」

　重い言葉だった。無戸籍者本人から発せられることで実感を伴って響いた気がした。貝原が都内には去年だけで百体もの身元不明遺体があると言っていた。その中に無戸籍の人間がいるかもしれないと思うと伊月の胸を締め付けた。

「今の」なんとか会話を継ごうと振り絞った。「今のお仕事は充実されていますか」

　我ながら浅い質問だ。

「充実していますよ。僕にはこれしかありませんし。母がいなくなって、最初は苦労しましたが今の職に就いてからは楽しいこともあります。お客さんに喜んでもらえて、それだけで生きている価値みたいなものが見いだせた気がして」

　斎木は太ももをさすりながら穏やかな笑みを浮かべた。「ここを刺した彼女はこんな僕のことを本当に好きになってくれたんです。収入もそんなにあるわけじゃないのに足繁く通って僕を指名してくれていました。僕には両親がいないこと、戸籍がないことを彼女に伝えているにもかかわらずです。だから僕はうれしいんです。彼女を愛おしくさえ思っている。変ですよね」

　倒錯した感情だが気持ちはわかる気がした。自分を必要としてくれる人間がいることはとてもうれしいことだ。

加集の頷きを合図に伊月は腰を上げた。

「今日はありがとうございました。大変貴重なお話ありがとうございます。最後に、右腕を拝見してもよろしいですか」

彼はきょとんとした顔をした。

「いいですけど」

シャツをまくり、上腕を見せてもらった。古傷はない。

「ありがとうございます」

彼は苦笑した。「これでようやく疑いが晴れたというわけですね」

斎木の表情を見ると、申し訳ない気持ちでいっぱいだ。

「最後に、もう戸籍を取るつもりはございませんか」

彼は苦笑気味に言った。「今の職が気に入っているので今のところその気持ちはないですね」

加集が口を開いた。

「差し出がましいことかもしれませんが、戸籍はあった方がいいかと。就労以外にも運転免許やパスポート申請、婚姻、相続など円滑にすすめることができます。斎木さんがかつて相談に行った当時よりも、行政は柔軟に対応してくれるはずです。無戸籍者を支援する団体もあります。前のように頑《かたく》なに拒絶されることはないでしょう」

斎木は加集の言葉を受けて真顔になった。

「そうなんですね。……そうですか」噛みしめるように頷いた。「ありがとうございます」

決して平坦ではないかもしれないが、諦めないでほしい。

マンションを出ると、伊月は口を開いた。

「斎木は豊島ではありませんでした」

「ああ」

加集は何を調べているのか、先ほどからしきりにスマホを弄《いじ》っている。

伊月は斎木隆平という人間の人生を垣間見て、気持ちに余裕がなくなっていた。

斎木に当初感じたどこか達観した佇《たたず》まいは人生の諦めからくるものではないだろうか。思春期に多くの希望を打ち砕かれ、夢を描くことすら奪われた人間はひどく現実的で無気力な傾向にあるのかもしれない。

色々なことを諦め、希望を持てず、何かに怯《おび》え、不安を抱えて生きている。

「あの先生のところに行ってきてくれないか」

調べ物が終わったのか、加集が切り出した。

「帝工大の本上先生ですか？　どうしてですか」

「彼女はプロファイリングに長けている。犯罪専門ではなくても参考になるかもしれない。今回の事件、豊島のような人間が当てはまる可能性があるのか訊いてみてくれ。おれはどうも違う気がする」

「豊島が犯人ではないということですか」

「ああ。佐々部から聞いた豊島の人となりとさっきの斎木には重なる部分がある。上手くは言えないが、犯罪者像に適合しないんじゃないか」

　伊月もぼんやりだが同様のことを思っていた。

「だとすると豊島はこの事件には無関係なんでしょうか」

「いや、そうとは限らない。たとえばだが、豊島と津田との間に何かトラブルが生じた。このままでは豊島になんらかの不利益が被る。そこで豊島と関係の深い第三者が津田を殺した、とかな」

「あり得そうですね。第三者につながる手がかりを見つけないと。わかりました。本上先生に訊いてきます」

「頼んだ」

　加集は表情を消したまま答えた。何か考えがあるように思えた。

やがて彼は口を開いた。

「おれは生活保護の受給者に豊島優慈という名の男がいるかどうか、都内の自治体をあたってみようと思う」

「どうして生活保護なんですか」

「さっきの斎木と違って健康保険証を持たない豊島は怪我や病気をしても自然治癒を強いられていた。満足に働けない体になっていても不思議じゃない」

確かにと思う。同じ無戸籍者でもそこに至る経緯、得られた権利がまちまちなのは実際に目にしてきた。

「でも、生活保護を受けるにも戸籍が必要なんじゃないですか」

「戸籍も住民票も不要だそうだ」加集はスマホを振った。「だが、無戸籍者は戸籍の申請を断られ続けた経験から、役所に苦手意識を持つ者も多い。豊島もそうだ。そのような者にとっては生活保護を受給できると知っていたかどうかが肝になる」

「一人で大丈夫ですか」

「おれの人脈を舐めるな」

十章

加集と別れた伊月は一人、帝都工業大学を訪れた。

「論文の査読中なの。後にして」

一時間ほどで終わるという。その間、無戸籍について調べてみることにした。

「図書館は一般人も利用できますか」

「知らない」

相変わらず素っ気ない返事だ。

実際に行ってみると、国立大学ということもあってか伊月でも入館できた。

無戸籍関連の書籍は多くはなかった。見つけた四冊と関連する新聞記事を持ち、机に移動した。

実際に無戸籍が問題となって事件化した話を読んでみると、無戸籍者は斎木のように義務教育もまともに受けていない者も少なくない。

戸籍がなければ基本的には住民票が作成されず、住民票に基づいて発行される就学通知が手元に届くことはない。

また、国民健康保険も住民基本台帳への記載が無ければ加入は認められなかった。健康保険証もない、義務教育も受けていないとなればその後の就労は極めて困難だ。身分証明ができないと、児童手当や医療費助成などの行政サービスを受けることができないし、携帯電話、アパートやマンションの契約、銀行口座の開設も難しい。無戸籍者は本人の意思に関係なく、親が出生届を出すかどうかで決まる。それは現在でも発生しうる。彼らは日本という国の制度外のところで生きている。

興味を引く記事を見つけた。二〇一四年七月の民事訴訟だ。

ＤＮＡ鑑定をした結果、生物学的に前夫の子ではないことが証明されたことで、妻が子を原告として前夫と父子関係がないことの確認を求めて訴えた。民法七七二条の嫡出推定による父子関係の取り消しを求める訴訟だった。

ＤＮＡ鑑定から子と新しいパートナーの父子関係が九十九・九九％であると科学的根拠があるのだから、当然、前夫との父子関係は破棄されるのだろうと思った。

結果は――。

最高裁判の判決では父子関係を取り消すことはできないとした。

これには驚いた。

科学的証拠があっても子の身分の法的安定性の保持は必要、という判断だった。

家庭の複雑な事情まではわからないが、考えてみれば前夫が何年も実の子として育ててきたにもかかわらず、親子関係がないとされては父子にとっては不幸なこともあるだろう。恐らく裁判官はその辺りの意図を汲《く》んだのかもしれない。五人の裁判官のうち二人が反対という僅差だったことからも判断の難しい問題だったことが窺える。

科学的証明より優先される手強い嫡出推定の法律に対し、豊島夫婦は息子の優慈を実の父である秀一の戸籍に入れるべく闘っていた。

恵子が松村京也と婚姻中のため、嫡出推定により、優慈が京也の子供になってしまうと、法律上、優慈は赤の他人である京也の子となる。そうなれば京也が戸籍の附票を取り寄せれば一発で優慈の居場所がバレてしまう。優慈の実の父、秀一にしてみれば心情的にも許せるものではないだろう。子にしても、成長して戸籍を確認する年頃になった時、たとえ法的な処置としてやむを得ない理由であっても、見ず知らずの男が父と知ればアイデンティティに苦しむかもしれない。

豊島秀一と恵子は死ぬまでこの問題に向き合うことになった。彼らのようにこの法律に苦しんだ親子は多いはずだ。

斎木の言葉がよぎる。

『時々不意にこの世界が嘘なんじゃないかって思うことがありました』

同じ世界に生きているはずなのに、あの時感じた斎木との距離。

社会に出て、他人に認識されることで自己を認識するという意識が希薄になっていることが影響しているのだと思う。社会の一員としての自己が未形成だから現実感が伴わない。自明性が喪失し、アイデンティティは危機に瀕《ひん》する。

思考は再び豊島へと飛ぶ。

彼のアイデンティティは無事だろうか。尊厳は尊重されているのだろうか。

「ずいぶん、ご執心ね」

背後から声がかかり飛び上がりそうになった。

見ると白衣を着た本上が見下ろしていた。

「すみません。え、もうこんな時間……」

あれから二時間以上も経っていた。

「読書と思索にふけっていたわけか。良いことじゃない」

特に怒るふうでもなく、本上は伊月の隣の席に座った。

彼女は手に持っていた分厚い本を置いた。『我が国の感染症』。返却にきたのだろうか。

「そういえば事件を捜査している中で、はしかにかかった男性がいました。流行ってるんですかね」

本上は無視した様子で、伊月が持ってきた無戸籍関連の本をいくつか取ってぱらぱらと読み始めた。

訊きたいことがあるなら早くしろ、と無言の圧を感じた。

「すみません。実はお訊きしたいことがありまして」

伊月はこれまでの経緯を話した。

小さな間があった。

「……無戸籍者か。聞く限り、過酷な人生ね」

「ええ。警察では現在その豊島優慈を捜索しています」

「そう」

本上も思うところがあるのか、言葉少なめだ。

「彼のような境遇の持ち主が今回の犯罪を起こすことについてどう思われますか」

「どうとも言えない。その男の過去について断片を聞いただけに過ぎない。それだけで判断できるものじゃない」

本をめくりながら彼女は続けた。「君はどう思うの。自分の足で調べて知ったその男の人間性から考えられることはあったの」

「豊島が罪を犯す可能性は低いと思います。特に殺人などの重罪は」

「なぜ」

「豊島のような無戸籍者は社会の外側で生きています。頼れる相手が少なく、ぎりぎりの生活を続ける者や誰かの庇護《ひご》の下、つましく暮らしている者、様々なケースがあると思いますが多くは決して裕福ではありません。彼らは何年も何十年もそうやって生きてきた。だから注目されることを嫌います。体に染みついてしまっているんじゃないでしょうか。無戸籍ということが白日の下にさらされてしまうのが怖いんです」

本上は本を閉じて目をつむった。「続けて」

「僕が会った無戸籍の男には諦念が根を張ってしまっていました。子供の頃から他の子と違って色んなことを諦めなければなりませんでした。やりたいこと、行きたい外国、なりたい職業などです。豊島も同様だったはずです。怪我や病気をしても病院にすら行けなかった。通常なら、勉強や経験を通して知識を得れば得るほどに広がっていく世界が極端に制限されていた。そうやって育った彼には殺意などの強い感情を諦念が抑え込むのではないかと思うのです」

この事件を追っているうちに伊月は考えていた。

戸籍は個人情報の核だ。住民票や就学、さまざまな行政サービスを受けられる権利を身につけやすくする強力な磁石のようなものだ。身分証明にとどまらず、学歴、社歴、婚姻、資格、特技、趣味など、人格形成に影響を与え、社会の中でアイデンティティを築き上げていく。

核たる戸籍がなかったらどうか。その者からあらゆる可能性を奪ってしまいかねなく、アイデンティティは危機に瀕し、尊厳は失われてしまうのではないか。

そのような人間が殺人を犯す可能性は低いと伊月は思考する。絶えず日陰で生きることを強いられる。目立たぬように、事を荒立てないように。様々な抑圧を受け入れざるを得なかった人生において、諦念が人格に根ざしている。

日の当たる社会に出ていくことに、大きな抵抗を感じているのではないだろうか。

本上が目を開けて言った。

「説得力はある。でも、根拠はあるの。その男が諦念を抱いているという根拠は」

伊月は記事を広げた。

「無戸籍者に関する記事です。豊島にも通じるものがあると思います。二〇二〇年、大阪の高石市《たかいしし》で無戸籍の女性が餓死しました。同居していた息子も衰弱していたようで、彼もまた無戸籍です。彼らは経済的に困窮していたにもかかわらず誰にも助けを求めることができなかった。戸籍がないため実際は不明ですが、女性は当時七十八歳、息子は四十九歳とみられています」そう、無戸籍者は年齢すら客観的に証明できない。

本上は該当する箇所に視線を這わせている。

伊月は続けた。「調べによると、女性は戦争孤児で戸籍を持たず生きてきて、内縁の夫との間に息子をもうけました。息子の出生届は出されず、息子は小中学校に通っていなかったようです。内縁の夫を亡くしてから後は貯金を切り崩す生活で、最後は電気もつけずにひっそりと暮らしていました。自身も衰弱していた息子は『自分たちは無戸籍なので助けを求められなかった』と話していたようです。近所付き合いは良かったらしいのですが、周りには誰にも無戸籍であることを伝えていなかったとされています」

本上は何も反応を示さない。

「まだあります。福岡である女性が亡くなりました。彼女には三十年以上にもわたって連れ添った内縁の夫がいたそうです。過去を明かさない妻に対し、夫は詮索しませんでした。ある日、妻が病気を患い、日に日に衰弱する妻をなんとか病院に連れて行こうとします。妻は頑なに拒否したそうです。やがて、最後を迎えた。彼女もまた無戸籍でした。内縁の夫は長年連れ添った妻の素性を知りたく奔走しましたが、報道されている限りでは不明のままだったということです」

伊月は身を起こして言った。

「親しかった近隣住民や愛する夫にさえも、自らが無戸籍であることを告白することを恐れた。それは彼らが墓場まで持っていきたいと考えるくらい知られたくないものなのだと考えます。以上のことから、衝動的なことならまだしも今回のような計画的なものはなおさら豊島の犯行ではないように思います」

本上は静かに言った。

「一例にすぎない。これだけでは統計的とは言えない。でも、論理に矛盾はない」

肯定的ということだろうか。表情からは読み取れない。

本上は両手の指の腹を重ね合わせた。

「おおむねいいでしょう。だけど、その記事のように自分の命を捨ててまで無戸籍という事実を隠したい状況があるのなら、裏を返せば殺人だってできるということでもある」

意味を測りかねた。

「どういう意味でしょうか」

本上は押し黙った。

考えているようだ。やがて薄い唇が動いた。

「いえ、極めてまれなケースかもしれない。これこそ一般的じゃない」

もっと聞きたかったが、本上は気にしないでと手を振った。

豊島の人生を想像しながら伊月は彼の無念さを痛切に感じた。

結局、事件解決はまだ遠い気がした。

加集が推測したように、豊島と津田との間に何かトラブルが生じ、第三者である犯人が津田を殺したというのが現実的な気がする。

だとして、犯人はどこにいるのだろうか。

「透明人間でもいるような気がします」苦笑した。

「面白いことを言う。仮に透明人間がいるとしたら、その存在を証明することは非常に難しい。いわゆる悪魔の証明よ」彼女もまた微笑する。

携帯電話が鳴った。慌てて伊月は室外に出た。

「はい」

『科捜研です。お預かりしていた津田宗一の携帯電話のデータを修復しました』

以前、津田の実家から借りていた携帯電話のことだ。豊島優慈と名付けられた数十枚もの写真データ。気になっていた。

「こちらに送ってもらえませんか」

電話を切って本上の元へ戻った。

間もなくスマホに豊島優慈の画像が送られてきた。

それは小中学校の卒業アルバムで見た豊島に間違いなかった。

卒業アルバムとは異なり、様々な表情の彼が写っている。

津田が撮ったのだろうが、多くが楽しそうとは呼べるものではなかった。苦痛に満ちた表情や、悲しそうな表情が大半を占めている。

豊島をいじめの対象にしていたのだと写真から判断できる。自身がいじめられていた鬱憤を豊島で晴らしていたのかもしれない。

何枚もの豊島の写真を見ていくうち、ある写真が目に留まった。

それは火の中に鍵が入れられている写真のアップだった。続く写真で豊島が泣きながらその鍵を取り出そうとしていた。

豊島の家の鍵か。おおかた、津田が金属の燃焼実験をしようとでも言ったのだろう。

その鍵に付いているキーホルダー。見覚えがあった。

「これは……」思わず口に出てしまった。

伊月の反応に、本上が横からのぞき込んだ。

「どこかの遊園地？」

その言葉に伊月の頭に何かがフラッシュバックした。

早すぎて何かを捉えられない。

もう一度写真を見つめてみる。

ふと、うつむき加減の豊島に似ている顔が思い浮かんだ。

その様子を見ていた本上は驚いた声を出す。「まさか。身近に似た人物がいるの？」

「ええ。でも年齢が違いますし、ご家族も父親が健在です。なので別人です」

「年齢は？」

「一九九三年生まれだから今年二十九歳になる年です」

豊島優慈は一九九一年生まれ。存命なら三十一になるはずだ。

「……宇山や津田との関係は」

「同じ会社の技術者ですよ」

みるみると本上の顔色が変わった。

「わたしがこの図書館にきた時、君はなんて言った」

唐突な問いに戸惑う。

「え、なんだったかな。もうこんな時間？でしたっけ」

「その後。わたしの持ってきたこの分厚い感染症の本を見て、何かを連想したんじゃないの」

「え？　えっと」

話が変わりすぎて呆気《あっけ》にとられた。

しびれを切らしたように彼女は早口でまくし立てる。

「君はこう言ったはず。『はしかにかかった男性がいました』と。その男性とは今言った会社の技術者なの？」

「あ、そうです。確かにそう言いました。なんだ、聞いてたんじゃないですか。無視されたのかと思いましたよ。ええ、そうです。志々木という男性です」

「無視したの。わたしは無駄な話はしない主義だから」

「今してるじゃないですか」

「無駄じゃなくなった。……この男の元へ急いだ方がいい」

本上は立ち上がり、伊月の腕を引っ張り上げた。

「いててっ。どうしたんですか急に」

「行きながら話す。いいから車を取ってきて」

何がなんだかわからない。だが、普段冷静な本上らしくない行動に従うしかなかった。

走って車を取りに行き、本上を乗せた。

「一体どういうことなんですか」

一息ついたところで本上に訊いてみた。

「前言撤回する。その者は他人になりすましている。そうだとすれば殺人の動機としてはこれ以上ない」

「……えっ」

驚きのあまり、一瞬理解ができなかった。言葉も出ない。

「いい？　はしかは年代によって定期予防接種が異なる。かつて一回接種が義務づけられていたけど、それでは不十分だった。後に若者を中心に大流行を引き起こしたの。それを受け、二〇〇六年から就学前までの児童に二回接種が義務づけられた」

方向が見えない。それでも本上の言葉を反芻する。

「一回しか受けていない者だとはしかになる可能性が高いということですか」

「そう。その一回しか接種していない年代があることが重要なの。政府はキャッチアップキャンペーンとして二〇〇八年から五年間、それまで一回しか接種していなかった中学三年生と高校三年生になる男女にも二回目の予防接種を打たせることにした」

「えっと」

計算しようと考えると、

「つまり、これにより一九九〇年生まれ以降の年代が実質二回目の予防接種を受けられたことになる。このおかげで患者数は激減した」

「はあ」

それであれば豊島も志々木も接種していることになる。志々木がはしかにかかったのは不思議ではあるが、豊島とは何も関係がない。

「一体何がおかしいんですか。志々木が予防接種を受け損なったたってだけでは？」

「その受け損なった事実が重要でしょ。その無戸籍の男、高校を中退しているんじゃなかった？」

「あっ」

思わず声に出た。そうだ。豊島は高二で学校を辞めている。高三で受けるはずの予防接種を受けていない。

胸に驚きと戸惑いがない交ぜになった複雑な感情が広がった。

「予防接種を受けていない事実は無視できない」

「た、確かに。いや、でも……」

志々木だって何かの理由で予防接種を受けなかった可能性もある。たとえ受けていたとして絶対にはしかにかからないものなのか？

それに——。

「やはりあり得ませんよ。人間が別の人間として生きていくなんて簡単ではないはずです。家族や友人知人はどうするんです。なりすますにしても自分を知る人のいないどこか遠いところでひっそり暮らすならまだしも、なぜ発覚の怖《おそ》れがある同じ都内に住んでいるんですか」

「そんな疑問なんていくらでも答えは考えられる。重要なのはその志々木という男が犯人であることで最も合理的にすべての謎が解けるということ」

言われても理解が追いつかない。半信半疑だ。

「仮に豊島が志々木として生きることが物理的に可能だとして、それで豊島は報われるんでしょうか」

本上が首を振る気配がした。

「それは君が君自身に誇りや自尊心をわずかでも持っているからこそ生まれる疑問。豊島という男にはもはやそんなものはない。君も考えたんでしょ。尊厳を奪われ、自明性が喪失した者はアイデンティティの危機に瀕するのではないかと。その者は瀕したのよ。本来の自分に希望を無くし、誰かになりすましてでも生きたいと考えた」

「なりすました時点で豊島としての人生はそこで終わりでしょう。そこから過ごす他人の人生に意味があるとは思えません」

ややムキになっている自分に気づく。豊島にはたとえ絶望したとしても、彼のまま人生を前向きに歩んで欲しかった。そして、父親の介護に献身的な志々木に偽《いつわ》りはなかったと信じたかった。

「それは違う」本上は静かに否定する。「志々木という借り物の中にはちゃんと豊島がいる。決して志々木の人生を歩んでいるわけではない。なりすましを肯定するつもりじゃないけれど、自ら興味を持った世界で自分の力で道を切り開き、主体的に職を得たことに関しては素晴らしいことだとわたしは思う」

本上は続けた。

「確かに社会的な存在の証明には戸籍が必要でしょう。でも、豊島優慈を豊島優慈たらしめるものは決して戸籍という紙切れではない。顔や体型といった身体的特徴でもない。たとえそれらを変えたとしても、自分の証明には何も寄与しない。そのような変化も含めて、性格や思想、信念、感性、歩んできた人生によって立つものの考え方、所作、それらをよりどころとして今後歩もうとする人生にこそ、自分らしさはあるのだから」

十一章

刺すような冷気の夜、勾留期間を過ぎ、宇山は釈放された。

津田を殺した者は誰か、それはばかり考えていた。

寒さと静寂が宇山の思考を鋭く、深淵へと導いていった。

津田の家に侵入した時、おれ以外にいたのは誰だったのか。そいつはおれを陥れようとした。であれば、おれを知る人物ではないか。

警察での取り調べの中、久我という刑事は何かをおれに話させようとした節があった。少なからず、おれなら殺害できるとでも言わんばかりの圧を感じた。それはどういうことだ。理系や化学の知見があるおれならという意味だろうか。おれを知り、化学に知見がある人物。脳裏には、口の端を吊り上げて笑う殺人者の影が忍び入っていた。

一瞬、その影が川野や志々木に見えた。

違う。

宇山は頭を強く振り、雑念を振り払った。刑事の言葉で部下を疑う上司がどこにいる。

自宅マンションに着いた。もうすぐ部屋というところだった。

「お疲れ様です」

ぴくりとして顔を上げると部屋の前に志々木がいた。うつむいていたので気づかなかった。

「どうした。こんな時間に」

宇山は戸惑った。もしかして心配して待っていてくれたのか、そう発する前に志々木は予想外なことを口にした。

「自首してください」

「……なんだって」

「今ならまだ罪は軽いはずです。本当のことを警察に話してください」

敵意のこもった視線で志々木は宇山を見据えていた。

いつもの幼さの残った愛嬌《あいきょう》のある眼差しではなかった。信頼している部下に疑われていることに愕然とする。

まさか志々木にまで。

「違うんだ。おれじゃない。聞いてくれ。別の誰かがおれを陥れようとしている」

志々木は眉根をよせ、一層厳しい表情をした。

「まだ誰かのせいにして逃げようとしているんですか。……僕は宇山さんを信頼していました。仕事に対する思いは一緒でしたから。だからこそ今回の件は本当に残念です」

頑として宇山の言うことを聞き入れない気配。

「違う。本当におれじゃないんだ」

隣の部屋から物音がした。聞き耳を立てられているのかもしれない。

「もう夜も遅い。ここじゃ迷惑だ。部屋に入ろう」

宇山は鍵をあけ、部屋の中に志々木を通した。

「散らかっているが楽にしてくれ」

久しぶりに帰宅した我が家はいつもの薬品臭に埃っぽさが混じっていた。

「これは……」

志々木は室内を見渡し、言葉を失っているようだった。

無理もない。人を入れる想定などしていなかった。ただ実験ができれば良かった。

「客なんざ呼んだこともない。会社でも自宅でも実験漬けの日々さ」

つい自嘲の笑みが漏れた。

湯沸かし器を使ってお湯を出し、手洗いをすすめた。

「冷えるだろう。使ってくれ」

志々木は手を洗うと実験器具をしげしげと見つめ始めた。

「廃棄予定のものを拝借したんだ」

「すごいですね。基本的なものは一通りそろってる」

実験台に置いていた透明な五センチ角ほどのシートを見つけたようだ。

「これは？」

彼はそのシートを手にした。

「そこのＵＶライトを当ててみろ」

志々木は無造作に置いてあったペン型のＵＶライトをシートに照射した。すると透明だったシートがたちまち赤く変色した。

「ＣＮＦで作った透明なシートにフォトクロミック分子を導入してみたんだ。面白いだろ？」

ＣＮＦはセルロースを原料にしている。シート状に加工すればそれは紙と同じだ。通常の紙はセルロース繊維が長く、光の散乱の結果、白く見える。しかし、ＣＮＦで作成した紙は繊維がナノサイズなため透明になる。

「透明な紙が折り紙に変化するというわけですね」まじまじと志々木と見つめながら言った。「フォトクロだけでなく、サーモクロミズムやエレクトロクロミズムを利用しても面白いかも知れませんね」

「温度依存や電気依存での色変化か。なるほど」少し考えて言ってみた。「温度依存での色の変化は消えるボールペンなどのインクに使用されている。では、光や温度、電気などの刺激で色が出たり消えたりする紙はどうだ。何か応用できないだろうか」

「ガラスやプラスチックなら既にありますからね。紙という特質が活かせるものがあれば面白いかも知れません」

志々木も考えてくれている。やはり研究が好きなんだなと思う。

「実は次の構想を既に練っていたんだ。ちょっと見てくれないか」

部屋の奥、いつも置いてある場所に目当てのノートパソコンがなかった。思い出す。警察に押収されたのだった。「くそ。あいつら。早く返してくれないと困るんだが」

いや。スマホでもデータが見られるようにと同期していたのだった。

スマホを操作しながら、頭に、かつて夜遅くまで実験室に残り、川野やこの志々木と多くの議論を交わしたことが浮かんだ。

あまりに没頭しすぎて腹が減るのも忘れていた時、近くのコンビニで三人分の弁当を買ってきてくれたのは志々木だ。

小さなことでも仮説の検証や再現性の確認を怠らず、データをまとめ、他社の特許を侵害しないか、進歩性の高さを川野とともに検討してくれた。

上手くいきそうだと笑顔を向ける部下たちの顔。楽しかった。

川野は共働きの新婚で最近子供ができた。志々木は父親の介護。ともに忙しい中、おれを手伝ってくれた。特にこの志々木は若くして親の介護を担うなど苦労をしている。

本人はそれを露ほどにも出さず仕事をこなしてきた。まったく恐れ入る。

最高の部下たちだ。彼らの献身に対して、彼らが困っている時はなんとかしてやりたいという思いでやってきた。報いてやりたかった。

それなのに。

なんでこんなことになってしまったのか。

「すまなかった。お前たちには無理をさせてしまったのに」

うなだれるようにスマホを実験台に置いた。

志々木は手に持っていたシートを元の位置に置いた。

無言のまま、彼はまた実験台を眺める。一度キッチンに行ったかと思うと、また部屋に戻ってきて薬品棚の試薬をつぶさに見ている。他にも何かないのか探しているようだ。

「たいしたものはないぞ」苦笑した。

それにしても、と思う。

志々木の先ほどの敵意のある目。まさか志々木からあのような視線を向けられるとは思ってもいなかった。

宇山は近くにあった椅子に腰掛けた。両手でまぶたやこめかみを押し、気分を落ち着かせた。何を言えば信じてもらえるだろうか。

感情任せではいけない。

志々木は頭が良い。自分を押し殺して冷静に判断のできる頭を持っている。だからこそ、ちゃんと順序立てて話せばわかってくれる。

何よりこれまで苦楽をともにした仲間だ。信じてくれるはずだ。

すっと息を吸い込む。

「おれは確かに津田のことを恨んでいた」

志々木の動きが止まった。

「見ての通り、おれはこの研究に多くを捧《ささ》げていた。上手くいけばやがて会社に利益をもたらすことになっただろう。知っての通り、国も力を入れている分野だ。この技術がやがて芽を出し、花開いたら世界の標準が変わる。おれはそう信じてやってきた」

聞き入っているのか、志々木はうつむいた様子で静止している。

「まさか津田に売られるなんてな。おれの脇が甘かった。そこは本当に申し訳ない。だが、だからといって殺すなんてとんでもない。あいつが死んでしまったらあいつの罪を証明できなくなる。それこそ承服できない。あいつには罪を認めてもらう必要があった。だからおれは絶対に殺したりなんてしていない」

宇山は立ち上がった。「おれの、いや、おれたちの技術だ。チャイネスが特許を取ろうがそこは変わりない。裁判でもなんでもして差し押さえてやる。おれたちの技術だということが証明されたら……また一緒にやろう。お前たちがいたからここまでこられた。これからも川野やお前の力が必要だ。頼むっ」

志々木は背中を向けた。

「宇山さんの気持ちはわかりました。僕たちのことまで考えてくれていたんですね」

大きく息をするように志々木の肩があがった。

「おれたち三人でやってきた成果だ。正当な対価を受ける権利がある」

宇山が歩み寄ろうとした。

「だからこそ、なんですね」制するように志々木の声が飛んだ。

宇山は首を捻った。

「どういう意味だ」

「だからこそ、宇山さんは津田さんを殺したくなった」

「ち、違うぞ。なんでそうなる」

志々木は頭を垂れたままゆるゆると横に振った。

「部屋まで実験室に変えてしまうなんて、普通じゃありません。その執着心は正直、怖いです。僕たちの思いも汲んでいただいたことはうれしいですが、さすがにやりすぎです」

「おい、何を言っているんだ……」

「あの日、津田さんが席を離れるタイミングをずっと窺っていたんでしょう？　長い会議に出るところで鍵を盗み、津田さんの家に侵入した。嫌がらせのように赤いマジックで窓に落書きなんて、異常な行動です」

嫌みのような追及に顔に血液が集まり出す。「いや、それは」

「違うんですか」

反論できなかった。

志々木から厳しい追及を受けるとは思ってもみず、ショックだった。

いつになく棘《とげ》のある口調に戸惑いながらも宇山はふと思った。おれが津田の部屋に侵入したことは警察から聞いたのだろう。しかし、なぜ鍵を盗んだことや落書きのことまで詳細に知っているのか。警察はそんなことまで一般人に話すのか。

その時、宇山に突如として頭痛が走った。

ぐらりと視界が揺れ、思わず床に膝をつく。

な、なんだ。

それを弾みに自らの意思とは無関係にがくがくとけいれんを起こした。

――体の自由がきかない。

そのまま体を横たえる形となった。

「た、たすけてく……」

頭を志々木の方へ向けると、いつの間にか彼は防毒マスクをしていた。化学実験を部屋で行う際、念のためにと宇山が部屋に用意していたものだ。

なぜ志々木はそれをつけているのか。

瞬間、脳裏に浮かんだ殺人犯の影に光が射す。その顔は……。

思考が伸びようとする直前、宇山の意識は途絶えた。

伊月と本上は志々木の家を訪れた。

「わたしはここで待っている」

本上を車に残し、志々木の家を訪ねようとしたところでポケットのスマホが振動した。加集だ。

「はい」

『ケミカルフロンティアの人間のアリバイを整理して気づいたことがある』加集は焦っているのか早口だった。『宇山が津田の部屋にもう一人いたという証言に従い、おれたちは宇山と同じ時間帯、午後二時から三時半のアリバイがない者を探していた。結果はみんな似たりよったりで誰にでも犯行は可能だった』

「ええ」伊月はまずは話を聞くことにした。

『考えが足りなかったのかもしれない。犯人は宇山の不審な行動を見て、まずは後をつけてみた。すると、宇山が津田の部屋に侵入し、落書きをしたのを確認した。その時に初めて発火装置を思いついたんじゃないか。発火装置は単純な構造とはいえ、ガリウムなどを用意しておく必要がある。一度出直さなければならない』

「犯人は二回、津田の家に行ったということですか」

『そうだ。ガリウムを会社から拝借し、宇山がしたように鍵をこっそり持ち出した。……ケミカルフロンティアに一人だけ四時以降のアリバイがない者がいた』

「志々木、ですか」

一瞬の間があった。

「……なぜわかった？」

伊月の、承服できない気持ちもむなしく加集もまた、志々木にたどり着いた。やるせない感情を抑えて、豊島が志々木になりすましている可能性を伝えた。

「信じられん……」

「僕もです。確かめるため志々木の家の前にきています」

「なんだと。早く言えっ」慌てるような物音が聞こえ、「先に志々木が在宅か確認しろ。おれもすぐ行く。不在だったら連絡しろ」

伊月自身、真相を知るのが怖かった。だがそうも言ってられない。

電話を切り、家のインターホンを押した。

ヘルパーの女性が出た。確か西京という名だ。

「どうかしました」西京は首を傾げた。

「志々木文哉さんはいらっしゃいますか」

「まだ帰ってませんけど」

「どこに行かれたんでしょうか」

「さあ。遅くなるかもしれないとは聞いていますけど」

漠とした不安が広がった。

「失礼ですが、志々木さんのところへはいつ頃からこられているんですか」

「えっと、わたしは四年くらいになりますかね」彼女は手を頬に当てて言った。

四年。それより以前からなりすましていたのだろうか。

その時、奥の部屋から声が飛んできた。

「おおい。飯はまだかあ」

志々木の父親だ。

西京が答える。「はあい。今すぐ作りますよ」

「まったく。お前はいつもトロいな」

前に訪れた時も聞いた言葉に違和感を覚えながらもこれだと思う。志々木になりすますには最大の壁だ。

直後、ヘルパーは舌を出して奇妙なことを言う。

「放っといて大丈夫です。気にしないでください」

「え、でもご飯の用意は？」

「だってさっき食べたんですよ。もう忘れちゃって」

認知症だろうか。

続く言葉は看過できなかった。

「前のヘルパーは神経質な人だったからすぐ代わっちゃいましたけど、こういうのはわたしみたいな少し大雑把な性格の方がいいみたいで」

「ちょっと待ってください。どういう意味ですか。さっき四年っておっしゃったのは……」

「わたしが担当して四年という意味です。うちは通常、担当が三、四年ほどで交代するんですよ。会社としてなら志々木さんとお付き合いさせていただいて、かれこれ十一年になります」

冷たい刃物で頬を撫でられたような気がした。

「志々木さんのお父さんはそんなに前から悪いんですか」

「ええ。本当に気の毒なことですよね」西京は沈痛な表情を向けた。

「……一体、どういう病気なんですか」

話していいか逡巡するような顔をした後、西京は小声で答えた。

「若年性認知症ですよ。それも重度の。かなり前から文哉さんの判別もできなくなってるんですって」

がんと頭を殴られたような衝撃だった。

心臓が早鐘を打つ。

「それはつまり、文哉さんが誰かもわからない、ということですか」

西京は残念そうに深く頷いた。

「施設に預ける方法もあるんですけど、文哉さんが最後まで面倒を看《み》たいと言うので」

最後まで。実父に対してもなかなかできるものじゃない。彼は何を思っているのだろうか。

「すみませんが、志々木さんの昔の写真など見せていただけないでしょうか」

西京は困った顔をした。「それはちょっとわたしの判断では……」

当たり前だ。だが、どうしても確認する必要がある。

「お願いします」

「……じゃあ志々木さんに許可をいただいてみますね」

言って西京は奥へと姿を消した。

その間に伊月は加集にメールで志々木が不在だったこと、父親が若年性認知症であることを知らせる。

やがて西京が戻ってきた。「好きにしろということでした」

「ありがとうございます」

伊月は安堵して上がらせてもらい、一緒にアルバムなどを探してもらった。

押し入れや本棚、貴重品類が納められているところを重点的に調べてみた。

「ないですねえ。あるとしたらこの辺りだと思うんですけど」

結局、見つけることができなかった。

「変ですね。文哉さんの昔の写真が一枚もないなんて」

恐らく処分したのだ。

成り代わった際に。

「文哉さんの右腕に古い傷痕がありませんでしたか」

「ああ。ありますよ。この辺りにぴっと長い傷があるのを見たことがあります」

西京は自分の腕に線を引く仕草を見せた。

もはや疑う余地はなかった。

車に戻り、本上にこのことを告げた。

「先生の言う通りでした。志々木の父はもう十年以上も前から若年性認知症を患っており、志々木を認知できていないようです」

「……そう」

最悪、本当の志々木文哉という人間はもうこの世にいないのかもしれない。もし、津田の殺害だけであれば極刑はなかっただろう。

だが、志々木をも殺害していた場合はわからない。伊月は奥歯を噛みしめた。

津田が昔の友人に会い、金が入るようになったのは事業を起こしたのではなく、志々木になりすました豊島優慈に気づいて強請《ゆす》っていたからだろう。どうして津田が最近になって豊島に気づいたのかはともかく、志々木になりすました豊島にとっては何がなんでも津田を殺さなければならない動機になる。

「思い返せば、志々木は津田の死亡が自殺や事故ではなく、事件性があるようだと思われた時点で宇山が怪しいという流れを作りました。その時からすでに宇山を陥れようとしていたのかもしれません」

はっとしたように本上が訊いた。

「宇山はまだ警察に？」

「いえ、今日で勾留期間満了のはずです」腕時計を見る。「恐らくもう署を出ている頃だと思います」

「宇山の家に急いで」

「宇山の？」

「志々木の思考を想像してみなさい。宇山に疑いが向くように仕向けても、もし宇山が釈放されたら次にすることは？　すべての罪を宇山に被せ、死んでもらうことでしょう」

三人目の殺人はなんとしても阻止しなければいけない。

車を走らせながら、加集に事情を説明した。

はやる気持ちを抑え、宇山のマンションを訪れると、彼の部屋は鍵がかかっていなかった。

伊月は勢いよくドアを開けた。

奥の部屋を見ると志々木が立っており、彼の足下には宇山が倒れている。

「宇山さんっ」

そばまで駆け寄ると、宇山は目を強くつむりながら苦しそうな声を出した。

「……うぅ……はあっ、はあっ」

呼吸が荒い。だが、間に合ったようだ。

「一体何が……」

冷たい風を感じ、振り向くとそばの窓が全開だった。

志々木の手には見慣れない形状のマスク。防毒か。

すぐに薬品棚に視線を走らせる。依然と変わらないように見える。

ふと、キッチンが視界に入った。

湯沸かし器横の窓が結露している。

「一酸化炭素中毒ね」

後から入ってきた本上が湯沸かし器に手を当てて言う。「まだ熱い。……恐らく排気口にあるフィンが目詰まりを起こしている」

伊月も理解する。古いタイプのものだ。不完全燃焼防止装置はついていないだろう。

フィンに細工をして熱湯を流し、一酸化炭素を充満させた。

だが、宇山はまだ絶命していない。これはどういう状況なのか。

志々木はずっとうつむいたまま心ここにあらずといった表情だ。

スマホを取り出し、すぐに救急車を呼んだ。

辺りを見渡す。

実験台に置かれた一台のスマホ。液晶画面が光っていた。

気になり、手に取ってみるとメモ画面にこう打たれていた。

——わたしが津田宗一を殺しました。

ガリウムを使って発火装置を作り、津田の部屋に仕掛け、故意に水とエタノールを入れ替えました。わたしの開発した技術を売られたことに憤りを感じたためです。

申し訳ありませんでした。——

犯人しか知り得ない情報だ。

宇山の犯行に見せかけるため、打ったのは志々木か。

だが、どうして思いとどまった？

志々木にもはや気力はないようだ。そっと近づき声をかけた。

「何があったか教えてくれますか」

彼は何も答えない。薄く開いた唇は硬直したままだ。

焦点があっていないような虚《うつ》ろな表情。もう一度問いかける。

「志々木さん。この部屋にガスを充満させたのはあなたですか」

ゆっくり、志々木は頷いた。

状況から見て、軽くて傷害罪。いや、厳しいか。

「宇山さんを……殺害しようとしたんですか」

ぴくっと彼の体が反応したかと思うと、彼の唇が動いた。

「……はい」

伊月は奥歯を強く嚙んだ。止められなかった。

――殺人未遂の現行犯。

いつか凶悪犯をこの手で捕まえる。それが今、こんなに悲しい形で迎えるとは想像もしていなかった。

伊月はやりきれない思いで時計を確認する。

「十九時六分、殺人未遂の容疑で逮捕――」

「待ってくれっ」

かすれた声が鋭く耳朶《じだ》を打つ。見ると宇山が体を起こそうとしている。

「宇山さん。安静にしていてください」

本上も目を見開いた後、駆け寄って体を支えた。

「あまり動かない方がいい」

「大丈夫、だ」激しく呼吸を乱しながらも本上に支えられ、上体を起こした。

ぱくぱくと宇山の口が動く。何かを懸命に告げようとしている。

視線が集まる中、ようやく彼は声を発した。「……し、志々木は、何も悪くない」

どういうことだ。

志々木も驚いたように目を見開いた。

「ガス漏れさせたことを志々木さんは認めています」

「違う」言下に否定した。「……おれだ。おれが誤って、ガスを漏らしてしまった。そこに、志々木がきて、窓を開けてくれた」

志々木を見やる。彼は目をつむり、小刻みに首を横に振っている。

志々木をかばっているのは明らかだ。

「宇山さん、それは――」伊月が言いかけた。

「そうだろっ。志々木っ」

宇山の強い声が飛んだ。

志々木を見ると、閉じたまぶたから涙が溢れんばかりに浮かんでいる。

「……志々木さん」

彼は長年ともに仕事をした上司を殺すことができなかったのだ。

やがて志々木は崩れるように膝をつき、首を振った。

彼はゆっくりとした動作で右腕をまくった。縦に走る傷。じっと見つめている。

予感があった。その過程はどのようなものかはわからない。だけど、彼はきっと、告白する。

何を思っているのだろう。

その傷をつけた男への憎悪か。

守ってくれた両親への感謝か。

一体どこで歯車が狂ったのだろう。

社会の枠の外で生きた彼は才気があるにもかかわらず無力だった。

だから仮の姿で生きることを決めた。彼は息を吹き返した。

――それでも。

腕の傷を見ることで、本来の自分を取り戻すことができるのかもしれない。

やがて彼は言った。

「僕は……豊島、優慈、です」

十二章

救急車で運ばれていった宇山はその後、後遺症もなく無事に回復した。

宇山はこう話した。不注意で喚起もせずに長時間、湯沸かし器を使用していたところ、突然頭痛がして倒れてしまった。その時、志々木に助けられたのだと。

湯沸かし器のフィンを調べると樹脂成分により目詰まりをしていたことが判明した。これが原因で一酸化炭素中毒を引き起こしたと考えられたが、宇山は自分が実験中に樹脂をこぼしたのだとあくまで主張した。

この件について本上に事情聴取を行った。

「彼がそう言ったのならそうなのでしょう」去り際、伊月に耳打ちをした。「透明人間の存在を証明することは難しい。だけど、豊島は透明人間じゃない。存在は証明できる。してみせなさい」

「僕が？」

彼女は意外とでもいうように片眉を上げた。

「君しかいないじゃない」

彼女は伊月の肩をぽんと叩いた。

白衣をなびかせて去っていく。

頭脳明晰《めいせき》にして大胆不敵。彼女の言葉には濁りなく、的を射る鋭さがあった。

ポケットに手を突っ込み、胸を張ってコツコツと廊下に足音を響かせていく。

伊月は彼女の後ろ姿に頭を下げた。

「すっかりお前の師匠だな」

隣で加集が茶化すように言った。「結局、あの先生がいて助かったわけか」

「いえ。加集さんも、すごかったです。僕はまだまだでした」

本心だった。

加集は得られた情報から、豊島が犯人像に適さないと考える一方で、志々木に疑惑を抱いた。さすがだ。冷たい一面も見せていたが、物事を的確に判断するためには冷静であらねばならない。時には非情に徹することも必要なのだ。

自分に欠けている点だ。

「またいつかご一緒する時がきましたら、その時はよろしくお願いします」

若干の寂しさを抱えながら伊月は深くお辞儀した。

「何を言っている。お前はこないのか」

伊月は首を傾げた。

どこに？

後に貝原に呼ばれた。

「今回の事件、ともすれば自殺で片付けられた可能性もあった。しかし捜査員たちの入念な調査が実を結び、犯罪を明らかにした。結果として被疑者逮捕につながり、犯罪死の見逃しを防ぐことができた。ひとえにお前たちの努力の賜物《たまもの》だ」

「はい」

「変死体に対して犯罪性の有無を見極めることは、国民の安全を守るために警察に課せられた使命だ。そこでだ」貝原は一度咳払いをした。「このたび、変死体に対して死因究明力の増強を図る名目で専門捜査を行う係を新設することになった。変死体捜査係だ」

呆気にとられてしまった。

「Suspicious death Investigationを略してＳＤＩ係。科学捜査を軸とし、犯罪死の見逃しを確実にゼロにする極めて重要かつ責任のある部隊だ。顧問に帝工大の本上教授を招聘《しょうへい》する方向で動いている」

「はあ」

彼女が応じてくれるだろうか。いや、きっと一筋縄じゃできないだろう。と、込み上げる笑いを噛み殺していると、

「なんだ。その気のない返事と変な顔は」

貝原はじろりとこちらをにらんだ。「加集にはすでに打診済みだ。そして、彼からの推薦で本上教授と信頼関係のあるお前にも入ってもらおうと思っている」

一瞬頭が真っ白になった。自分が捜査一課に。遅れて全身の毛がちりちりと震えるのを感じた。

「どうした。異論はないな？」

「はいっ」

貝原は鷹揚《おうよう》に頷いた。「何をぼさっとしている。まだ事件は終わってない。行ってこい」

豊島の津田殺害の取り調べについてはその実績から、加集と伊月が担当することになり、伊月は記録を任された。

そうだ。まだ事件は終わっていない。

ようやく辿りついた豊島優慈という男に自分ができることを考えた。

最初の取り調べの日。

殺人罪のような一定の重大犯罪は裁判員裁判の対象となり、取り調べは録音・録画の義務がある。本件もその範疇《はんちゅう》だ。

留置施設から手錠と腰縄をつけて連行されてきた豊島は実に静かで、こちらの指示に淡々と従った。

窓には鉄格子。室内の真ん中には大きな机と椅子が三脚。壁はマジックミラーとなっている。マジックミラーの奥の部屋では多くの捜査員がこの様子を見ている。

殺人罪に現住建造物放火罪。さらに、有印私文書偽造罪、同行使罪、詐欺罪などが成立する可能性もある。豊島が志々木文哉の戸籍を使用してなりすましていたことによる罪はどれほどあるのか。かなり重い罰が科せられることは想像に難くない。

だが、豊島には情状酌量の余地がある。伊月はどうにか彼の置かれた境遇を裁判官並びに裁判員にわかってほしいと思った。

加集が訊いた。「氏名を確認させていただく。豊島優慈、三十一歳、間違いありませんか」

「……多分。少なくとも、僕はそう思って生きていました」

戸籍がないのだから証明できないのだ。

「どうやって志々木文哉になりすましたのか、説明してもらえますか」

「はい。……二十歳の誕生日を迎えた頃、僕は人生のどん底にいました」

彼は感情の起伏を見せることなく、時系列に従って話した。

両親の死。

遺産の相続ができなかったこと。

アルバイト先でできた恋人との理不尽な別れ。

正社員への道が開かれては閉ざされたこと。

戸籍取得の壁の厚さに打ちひしがれたこと。

「ある日、インターネットの闇サイトと呼ばれるようなサイトを見ていました」

精神的にも限界に達しつつあったある夏の日、闇サイトで戸籍が買えることを知った。

戸籍を売りたいという人は意外なほど多かった。豊島は食い入るようにチェックしていった。

老若男女、様々な人がいた。売り手は基本、金のため。ホームレスや世間と隔絶した生活を送りたい者が多かったが、詐欺師や冷やかしもいるかもしれない。豊島は入念に調べていった。

見つけたのは静岡に住む、豊島の実年齢より二つ若い男性だった。

彼は外国に渡り、そこで永住することに決めていた。

法律上、日本は重国籍を認めていないため、外国国籍を取得した時点で日本国籍を喪失するのだが、国籍喪失届を出さなければ書類上は、日本国籍を有したままであり、戸籍が存在することになる。国籍喪失届を出すことは義務であるが、出さないことによる罰則はない。

志々木文哉というその人物は海外に永住し、日本に戻る気がなかった。外国での生活費用の足しに戸籍を売ることにしたという。戸籍は条件つきで五十万。

「条件とは認知症を患う父親の面倒を看ること。父親は息子が誰かもわからず、母も他界しており、志々木文哉の認識はできないという話でした」

志々木文哉の父方の祖母が最近亡くなり、文哉は両親が年を重ねてからの出産だったこともあり、近い親類はいなくなった。

祖母は東京に持ち家があった。そのため、その家に引っ越せば、志々木文哉を知るものは周囲にいなくなる。

介護は面倒かもしれないが、父の年金などは自由に使っていいし、ヘルパーなどを頼めば同居する必要もないとのことだった。

文哉は実の息子すらわからなくなってしまった父の世話に疲れていた。一方で、外国に行って裸一貫で自分の力を試したかった。

「僕は彼の気持ちがなんとなくわかる気がしました。だけど戸籍があるだけずいぶんマシに思えた……。この戸籍が自分のものになれば普通が手に入る。一番欲しかったものです。普通の環境さえ整えば、あとは自分の力でなんとかできる、その自信がありました」

豊島は必死で働き、ついに闇サイトで戸籍を買う。

「一度だけ、志々木文哉と会い、一週間ほど彼と過ごしました。なりすます際の注意事項の確認と彼の人となりや癖みたいなものを共有することが目的です。彼とは輪郭が似ていると思いました。それでも誰かにバレることが怖くて整形手術をしました」

豊島優慈を捨てた彼はそれから一年間、アルバイトの傍《かたわ》ら猛勉強し、受験した大学に合格。たゆまぬ努力をできる根気強さは母親譲り、聡明さは父親譲りだった。

それまで固唾を呑んで豊島の話を聞き入っていた伊月は安堵した。志々木文哉は生きている。

整形は入学前に済ませた。家にあった志々木文哉の写真に少しでも似せるように目元を変え、写真はすべて捨てた。

昔から興味があった化学を専攻し、大学生活を過ごした。人並みに勉強し、友人もできた。深い付き合いはなかなか勇気がいったが、それでも孤独とはかけ離れた環境を得ることができ充実した時間だった。大学院にも進学し、就職は化学メーカーを志望した。

「志々木文哉の父親の面倒を看ないといけないので、首都圏にある化学系の会社を受けました。でも、化学会社の技術系の採用は首都圏に少ないんです。ケミカルフロンティアは子供時代に知り合ったカズの父が働いていたことから印象に残っていて、受けることに抵抗はありませんでした」

加集が質問する。

「家を出ることは考えなかったんですか。志々木文哉からは同居する必要もないと言われていたんでしょう」

豊島の反応は遅れた。

「学生時代は経済的なこともあって同居していました。社会人になってからは収入もあったので家を出ることもできましたが……」彼は苦笑した。「情が湧いたんですかね」

それまで一貫して無表情だった彼の、唯一見せた変化だった。

「置いていくのがつらかったんです。僕は早くに両親を亡くし、近くにいた色んな人たちがいなくなりました。僕の方から去ったこともあります。独りになるつらさは知っています。それがたとえ赤の他人だとしても、大学と大学院の六年間を共に過ごした人を簡単に置いていくことはできませんでした。偽装的な家族でも大切にしたかったんです」

入社後、しばらくは何事もなかった。カズの父も東京の事業所にはいないようだった。

豊島にとってその期間はなんの問題もなく順調満帆な社会人人生と言えた。

「一度だけ、豊島優慈に戻った日がありました」

二年前の両親の十三回忌だった。彼にとって忘れられない日。お参りの際、二人に向かってこれまで生きてこられたことに深く感謝し、そして何度も懺悔《ざんげ》した。

豊島優慈の存在を明らかにするのには万が一のことを考えると得策ではない。加集が訊くと、

「その日だけはどうしても我慢することができませんでした」寂しげな口調で答えた。

決然と新たな人生を繰り出したかに見えて、両親への思慕は断っても断ちきれないものだったのだろう。

それから間もなく、津田が同じ部に異動してきた。これが彼にとって、不運な巡り合わせとなる。

「やたらと津田さんが僕のことを見てたんです。僕の方はまったく気づきませんでした。後から考えてみると、彼は僕との些細な会話の内容から過去に出会った豊島優慈を思い出していたのでしょう。それでもそんな訳がないと思ったのか、徐々に関心もなくなっていた様子でした」豊島は一度呼吸を整えた。「それが今から三ヶ月程前、突然僕の腕の袖口をまくり、傷を見たんです。『やっぱりか。お前、戸籍を買ったなって」

津田は宇山の技術を漏洩した直後、志々木文哉が豊島優慈であることを確信した。闇ブローカーの佐和と出会い、戸籍の売買ができることを知ったようだ。

「『おれだ、河合ムネカズだ』、そう言われた時は血の気が引きました。記憶の中のカズはぽっちゃり体型でしたし、名字も名前も違っていたので何がなんだかわかりませんでした」

津田は豊島を強請るようになった。

「お金よりも、なりすましていることを漏らされるのが一番怖かった。明日にはもう志々木文哉ではなく豊島優慈であることが知れ渡ってるんじゃないかって、夜も眠れない日々が続きました」

殺すしかない、そう思ったという。

津田を殺す工作を練っていたところ、宇山が津田の鍵を盗むのを目撃した。後をつけ部屋に侵入した際に宇山が窓に落書きをしているのを見て、発火装置を思いついた。

「その時はなぜ宇山さんがと不思議に思いましたが、同時にこの機会を逃してはいけないとも思いました。一度会社に戻り、ガリウムを拝借しました」

宇山が鍵を返却するのを見て、豊島はその鍵を盗みだし、再び津田宅に行った。加湿器内のタンクの水をエタノールと入れ替え、加湿器は使用できないようコードを断線した。

事件当時、宇山と津田のウェブミーティングの後、宇山が実験室に入っていったのを確認し、別のノートパソコンから宇山のアカウントで津田と回線をつないだ。目的は津田がエタノールをかぶるように誘導することと、津田がどうなったのかを確認するため。その際、パソコンで宇山の声質に近くなるよう変声した。

「声はある程度似ていればあとはパソコンの性能のせいだと言い逃れできると思いました。実際、津田さんは気にする素振りすらありませんでした」

仮に宇山ではないと津田が気づいてもたいした問題にはならなかっただろう。火がついてしまえばそれどころじゃなかったはずだ。

津田の叫び声が途絶えたのを確認し、豊島は回線を切った。

一連の事件について豊島は語り終えた。

豊島の証言に従って次々と事件の全容が浮き彫りになった。

関係機関に問い合わせると、十一年前、日本からの出国履歴に志々木文哉という名前で該当する者が判明した。また、その名で同時期に日本からアメリカへの入国履歴も見つかった。

現在は豊島一家が過ごしていた長屋に鑑識課が出向いている。十一年もの間、相続人不存在の空家として残されていた家だが、そこで豊島秀一、恵子の毛髪でも見つかればＤＮＡ鑑定を行い、豊島優慈との親子鑑定を行う手はずとなっている。

「――以上です」

最後の取り調べが終わった。

悲運な境遇が背景にあることをありのまま記載し、供述調書を作成した。すべてをつまびらかにすること、それが伊月にとって大切なことだと感じていた。

加集ができ上がった調書を読み上げ、誤りがないか豊島に確認する。

「ありません」

豊島は調書に署名し、押印のために指にインクをつけた。

この調書は裁判で重要な証拠となる。あとは裁判官と裁判員の心証次第だ。

室内には寂たる空気が流れている。

豊島に表情はない。感情すら漂白されているようだ。

厳粛に罰を受ける、という姿勢ではなく、むしろ、何もかもを諦めているように見えた。豊島にも諦念が根ざしている。

不意に伊月の胸に疑念が湧き起こる。

たとえ、情状酌量により刑が軽くなったとしても豊島はうれしいのだろうか。

彼には居場所がない。豊島優慈という存在が社会にはないと思い込んでいる。ただ無意味に時を過ごし、老いてゆくだけ。それでは塀の中も外も同じではないか。

いくらでもやり直せるはずなのに、その芽が彼の世界を覆っている理不尽さに阻まれている。

このままでいいのか。

豊島が拇印《ぼいん》を押したのを確認し、加集が言った。

「これで終わりです。お疲れ様でした」

ドアが開き、何人かの刑事が控えていた。

加集が会釈をし、退室を促した。

彼が立ち上がろうとする。

「待ってください」

伊月はたまらず声を出した。

加集がこちらを向き、おい、と目で咎めようとする。

「少しだけ」視線を向けて制した。

出過ぎた真似とは思いつつも、言わずにはいられなかった。豊島に向き直る。「佐々部彰良さんをご存じですよね」

唐突に出た名前に一瞬驚いた様子を見せるも豊島は答えた。

「はい」

「以前、彼からあなたとのメールのやりとりを見せてもらいました。あなたは自分のことを『存在してない』と疑いを持っていました」

「……そうだったかもしれません」

伊月は頷く。

「佐々部さんはプログラマーになりました。なぜ、その道を選んだかわかりますか」

少し考えた素振りを見せて、答えた。

「彰良には聴覚障害がありました。パソコンと向き合っていれば不利にならないからでしょう。良い選択だと思います」

「それは一番の理由ではありません」

豊島は首を捻った。

伊月はスマホを取り出し、目当てのサイトを表示させて差し出した。

「十年前、彼はあるSNSサイトを立ち上げました。このサイトは社会への一歩を踏み出せないでいる人たち専用の交流サイトです。今でこそ、引きこもりや佐々部さんのような障害のある人がそれぞれのカテゴリーで意見交換ができるようになっていますが、出発はある人たちに向けてのカテゴリーからでした。それは戸籍を持たない人、つまり無戸籍の人です」

伊月は指で操作し、その全容を見せた。

「登録者は最初にアバターを設定します。年齢、性別、住まい。そして無戸籍以外の条件、学歴や住民票、健康保険証の有無などです。両親が存命か、親に戸籍があるのかないのか、その人が置かれている多様な条件を入力します。登録が完了すると、管轄の自治体職員に連絡が入り、コンタクトが取れるシステムです。個人情報はその自治体職員にしか知られることはありません。無戸籍者本人が利用できるのはもちろん、無戸籍者の近親者も利用できます」

画面には登録者本人の顔写真やお気に入りの画像を登録している者がいた。

豊島はじっと画面を見つめている。

「無戸籍で困窮している人たちに向けて、自治体がネットなどで呼びかけたり、支援団体が連絡を受けて支援していますが、無戸籍者が声を上げるのを待つしか方法がありません。無戸籍者の方々が名乗り出なければ支援のしようがないのです。無戸籍者は自分が無戸籍であることを隠します。でも、このSNSを利用すれば心理的ブレーキは緩くなり、気軽に声をあげられるようになります。逆に言えば、無戸籍者を支援する側が無戸籍者を発見しやすくなります。これは無戸籍者を探すためのツールなんです」

豊島は画面に視線を集中しながら、訝るように眉を少し寄せた。佐々部の考えを測りかねているのかもしれない。

「最初は無戸籍の境遇に苦しむあなたのためになることを彼は考えていました。無戸籍に至る複雑な事情から解決策を知る人が少ない中、あなたにあった専門家を探して救済してもらうためでした。でも、あなたは佐々部さんの前から姿を消してしまった。その時から彼の発想はこのSNSの構築へとつながります。あなたを探すためです」

豊島は目を見張り、口が薄く開く。

「……え」

「彼は十一年間あなたを探していました。このサイトを通して、これまでに大勢の無戸籍者を確認できました。その方々を自治体や支援団体へつなぎ、戸籍取得へと成果をあげています。彼には願いがあります。無戸籍であるがゆえに苦労している大人や、本来なら未来あるべき子供はもちろん、無戸籍の子供を持つ親、知人友人に無戸籍者がいる人たちすべてにこのSNSを広めたい、と。そしていつの日か豊島優慈を見つけたい」

豊島の顔は赤みが差し、悲痛に歪んでいた。

「一人で始めたサイトには今、協力者が二人います。一人は三十年間戸籍がなかった男性、もう一人はうつ病を患っていた女性です。二人とも佐々部さんの賛同者です。これからも彼の意志に共感する人が出てくるでしょう。そして一人、また一人と登録者が増え、救われていく。あなたの存在が佐々部さんを動かし、佐々部さんがまた誰かを動かした」

豊島は両手で頭を押さえ、ゆるゆると振った。

「僕は何もしていません。彼に、その能力があったんです」

「確かに彼には能力がありました。ですが高校に入学した時、周囲と壁があった佐々部さんに声をかけたのはあなたです。豊島優慈がいなければ、彼はとっくに高校を辞めていた」

彼ははっとした表情で顔をあげた。瞳の奥には小さな光。

つと、その目から涙がはらりとこぼれた。

「紛れもなく一番目のドミノはあなたです。あなたがいなければすべて起こりえなかったことです」

豊島は体を震わせ、やがて嗚咽《おえつ》した。

間もなく、堰《せき》を切ったようにむせびいった。

そのむき出しの感情は見る者の心を激しく揺さぶった。

伊月も涙で視界が滲んでいた。

一体どれほどの苦労を強いられてきたのだろう。

本来の彼は能面のような表情など不似合いなはずだ。きっと、優慈という名にふさわしく慈愛に満ちている。

「彼は今も待っています。豊島優慈が帰ってくるのを」

「……はい」

〈参考文献〉
『戸籍と無戸籍「日本人」の輪郭』遠藤正敬　人文書院
『日本の無戸籍者』井戸まさえ　岩波書店
『無戸籍の日本人』井戸まさえ　集英社
『戸籍のない日本人』秋山千佳　双葉社
『殺人捜査のウラ側がズバリ！わかる本』謎解きゼミナール［編］　河出書房新社
『警察捜査の正体』原田宏二　講談社
『職場における安全工学』野田尚昭　堀田源治　佐野義一　髙瀬康　福永道彦　朝倉書店
『化学系のための安全工学　実験におけるリスク回避のために』西山豊　柳日馨［編著］　化学同人
『安全工学便覧（第4版）』安全工学学会［編］　コロナ社
その他、複数のインターネットサイトを参考にしております。

この物語はフィクションです。もし同一の名称があった場合も、実在する人物・団体等とは一切関係ありません。

本書執筆に際し、法律面においては風間喬平さん（弁護士資格者として官公庁に在籍）に貴重なご助言をいただきました。この場を借りて心から御礼申し上げます。

宝島社
文庫

Xの存在証明　科学捜査SDI係
（えっくすのそんざいしょうめい　かがくそうさえすでぃーあいがかり）

2022年6月21日　第1刷発行

著　者　綾見洋介
発行人　蓮見清一
発行所　株式会社 宝島社
〒102-8388　東京都千代田区一番町25番地
電話：営業 03(3234)4621／編集 03(3239)0599
https://tkj.jp
印刷・製本　中央精版印刷株式会社

ISBN 978-4-299-03068-9